（宋）趙與時 撰

賓退錄

YSP
北京燕山出版社

图书在版编目（C I P）数据

宾退录 / (宋) 赵与时撰 . -- 北京 : 北京燕山出版社, 2019.2
ISBN 978-7-5402-5325-7

Ⅰ . ①宾… Ⅱ . ①赵… Ⅲ . ①笔记小说－小说集－中国－宋代 Ⅳ . ① I242.1

中国版本图书馆 CIP 数据核字 (2019) 第 072393 号

宾退录

作　　者　(宋) 赵与时
责任编辑　刘朝霞
封面设计　吴宝祥
出版发行　北京燕山出版社有限公司
社　　址　北京市丰台区东铁营苇子坑路 138 号
邮　　编　100079
电话传真　86-10-63587071（总编室）
印　　刷　北京虎彩文化传播有限公司
开　　本　787*1092 1/16
字　　数　253 千字
印　　张　31
版　　别　2019 年 7 月第 1 版
印　　次　2019 年 7 月第 1 次印刷
I S B N　978-7-5402-5325-7
定　　价　900.00 元（全 1 册）

出版説明

現代漢語用『圖書』表示文獻的總稱，這一稱謂可以追溯到古史傳説時代的河圖、洛書。在從古到今的文化史中，圖象始終承擔著重要的文化功能。傳説時代的大禹『鑄鼎象物』，將物怪的形象鑄到鼎上，使『民知神奸』。在《周易》中也有『製器尚象』之説。一般而論，文化生活皆有其對應的物質層面的表現。在中國古代文獻研究活動中，學者也多注意器物、圖象的研究，如《詩》中的草木、鳥獸，《山海經》中的神靈物怪，禮儀中的禮器、行禮方位等，學者多畫爲圖象，與文字互相發明，成爲經學研究中的『圖説』類著述。又宋元以後，庶民文化興起，出版業高度發達，版刻印刷益發普及，在普通文獻中也逐漸出現了圖象資料，其中廣泛地涉及植物、動物、日常的物質生産程序與工具、平民教化等多個方面，其中流傳至今者，是我們瞭解古代文化的重要憑藉，通過這些圖文並茂的文本，讀者可以獲得對古代文化生動而直觀的感知。爲了方便讀者利用，我們將古代文獻中有關圖象、版畫、彩色套印本等文獻輯爲叢刊正式出版。

本編選目兼顧文獻學、古代美術、考古、社會史等多種興趣，範圍廣泛，版本選擇也兼顧古代東亞地區漢文化圈的範圍。圖象在古代社會生活中的一大作用涉及平民教化，即古人所謂的『圖象古昔，以當箴規』（語出何宴《景福殿賦》），明清以來，民間勸善之書，如《陰騭文》《閨範》等，皆有圖解，其中所宣揚的古代道德意識中的部分條目固然爲我們所不取，甚至是應該批判的對象，但其中多有精美的版畫，除了作爲古代美術史文獻以外，由此也可考見古代一般平民的倫理意識，實爲社會史研究的重要材料。

本編擬目涉及多種類型的文獻，兹輯爲叢刊，然亦以單種別行爲主，只有部分社會史性質的文本，因爲篇卷無多，若獨立成册則面臨裝幀等方面的困難，則取同類文本合爲一册。文獻卷首都新編了目録以便檢索，但爲了避免與書中内容大量重複，無謂地增加篇幅，有部分新編目録視原書目録爲簡略，原書目録中有部分條目與實際對應的正文略有出入，新編目録略微作了更訂。又有部分文本性質特殊，原書中本無卷次目録之類，則約舉其要，新擬條目，其擬議未必全然恰當。所有文獻皆影印，版式色澤，一存古韻。

目録

（十卷）

乾隆壬申新鐫

字畫悉照宋本

賓退錄

存恕堂藏板

余里居待次賓客日相過平生聞見所及喜爲客誦之意之所至賓退或筆于牘閱日滋久不覺盈軸欲棄不忍因稍稍傳益析爲十卷而題以賓退錄云

賓退錄卷第一

大梁趙與旹

王建以宮詞著名然好事者多以他人之詩雜之今世所傳百篇不皆建作也余觀詩不多所知者如新鷹初放兔初肥白日君王在內稀薄暮千門臨欲鎖紅粧飛騎向前歸黃金捍撥紫檀槽弦索初張調更高盡理昨來新上曲內官簾外送櫻桃張籍宮詞二首也淚盡羅巾夢不成夜深前殿按歌聲紅顏未老恩先斷斜倚熏籠坐到明白樂天後宮詞也

閒吹玉殿昭華管醉折棃園縹蔕花十年一
夢歸人世絳縷猶封繫臂紗杜牧之出宮人
詩也紅燭秋光冷畫屏輕羅小扇撲流螢瑤
堦夜月涼如水坐看牽牛織女星杜牧之秋
夕詩也寶仗平明秋殿開且將團扇暫徘徊
玉顏不及寒鴉色猶帶昭陽日影來王昌齡
長信秋詞也日晚長秋簾外報望陵歌舞在
明朝添爐欲爇熏衣麝憶得分時不忍燒日
映西陵松柏枝下臺相顧一相悲朝來樂府
歌新曲唱著君王自作詞劉夢得魏宮詞二

首也或全錄或改一二字而已王平甫謂館中校花蕊夫人宮詞止三十二首夫人親筆又別有六十六篇者乃近世好事者旋加搜索續之語意與前詩相類者極少誠爲亂眞世又有王岐公宮詞百篇蓋亦依託者

洪文敏容齋隨筆論禹稷躬稼而有天下謂禹未嘗躬稼因稷而稱之余按書禹曰暨稷奏庶艱食則嘗躬稼矣洪偶未之思也

詩眼云晏叔原見蒲傳正云先公平日小詞雖多未嘗作婦人語也傳正云綠楊芳草長亭

路年少抛人容易去豈非婦人語乎晏曰公謂年少爲何語傳正曰豈不謂其所歡乎晏曰因公之言遂曉樂天詩兩句蓋欲留所歡待富貴富貴不來所歡去傳正笑而悟余按全篇云綠楊芳草長亭路年少抛人容易去樓頭殘夢五更鐘花底離愁三月雨無情不似多情苦一寸還成千萬縷天涯地角有窮時只有相思無盡處蓋眞謂所歡者與樂天欲留年少待富貴富貴不來年少去之句不同叔原之言失之

紹興三十二年五月甲子降旨建儲宰相陳康伯折簡禮部侍郎呂廣問察議典禮時上正祀黃帝廣問爲初獻官周必大以御史監祭廣問詣必大皇太子改名從火從華必大謂與唐昭宗曄字同音可乎廣問亟告康伯取旨別擬定乃用今諱

紹興癸丑岳武穆提兵平虔吉羣盜道出新淦題詩青泥市蕭寺壁間云雄氣堂堂貫斗牛誓將直節報君讎斬除頑惡還車駕不問登壇萬戶侯淳熙間林令梓欲摹刻于石會罷

太不果今寺廢壁亡矣其孫類家集惜未有
告之者
蘭亭石刻惟定武者得其眞蓋唐太宗以眞跡
刻之學士院朱梁徙置汴都石晉亡耶律德
光輦而歸德光道死與輜重俱棄之中山之
殺胡林慶曆中爲土人李學究所得韓魏公
索之急李瘞諸地中而别刻以獻李死其子
乃出之宋景文公始買眞公帑榮芑云宋景文帥定日有學究李姓者藏屯石死于妓家樂營將何水清得之以獻宋留之公庫姚令升云有遊子攜屯石走四方最後死于中山營妓家伶人孟水清取以獻周承勛希稷云唐太宗既得

蘭亭序眞跡使趙模等摸搨以十本賜方鎮
惟定武用玉石刻之文宗朝舒元輿作牡丹
賦刻之碑陰世號定武本蔡條云定武本乃
江左所傳晉會稽石也錢氏歸版圖之後定
武有富民好事者厚以金帛從會稽取之而
藏于家後戶絶貲没縣官人始見之因置諸
定帥之便坐壁間熙寧間薛師正向爲帥其子紹彭

又刻別本留公帑攜古刻歸長安王厚之順伯云紹彭
竊歸洛陽周希稷云薛帥求之不得其子
紹彭聞公廚有石用以鎮肉取視之乃刻牡
丹賦于碑陰者遂別刻石易以歸長安袁說
友起岩云薛師正至定惡摹打有聲自刊別
石留譙樓下以應求者其子紹彭又私摹刻
易殺胡林本以歸蔡條云熙寧中孫次公侍
郎帥定有旨取其石納禁中則又刻石而還
之壁後薛向來定遂取以歸世但謂石歸薛
氏然不知雅非古矣大觀中榮芑王厚之王明清周承勛皆曰宣和詔取

寘宣和殿王明清云向次子嗣昌獻于天上嶽宗命龕置睿思東閣之壁明清之父銍則云置之艮嶽瑪瑙亭蔡絛云大觀初祐陵方尚文博雅詔索孫次公所納石刻則無有或謂此石已殉裕陵乃更取薛氏石入節府靖康之變龕以紅氊輦歸榮芑云宋定國嘗從使虜云石今在中京王明清云靖康之亂凡尚方珍異之物悉爲羣輦去獨此石所不識遂棄不取建炎初高宗駐蹕廣陵宗澤居守東都見之遣騎疾馳進行在所未逾月狄復南寇大駕幸浙失于倉猝之際絡與中向子固帥維揚密旨令搜訪竟不獲今東南諸刻無能彷彿者天台桑澤卿世昌編蘭亭博議一書甚詳與皆參會衆說芟繁撮要記其本末如此所取何子楚薳之辭居多諸說之異同者則附著

其下雖未能定其孰是孰非然薛師正長安人王順伯謂其攜以歸洛宗忠簡守汴日夕從事戰守且其天姿剛正王仲言謂其爲人主搜羅玩物于艱難之時皆不敢謂然開元五年置朔方節度自是始有方鎮周希稷所云乃是全不知有史策若謂太宗分賜諸郡猶可也夫以一石刻之微而言人人殊莫能定于一然後知考古之難也

林靈素初名靈噩字歲昌家世寒微慕遠遊至蜀從趙昇道人數載趙卒得其書秘藏之由

是善妖術輔以五雷法往來宿亳淮泗間乞食諸寺政和三年至京師寓東太一宮徽宗夢赴東華帝君召遊神霄宮覺而異之敕道錄徐知常訪神霄事跡知常素不曉告假或告曰道堂有溫州林道士累言神霄亦作神霄詩題壁間知常得之大驚以聞名見上問有何術對曰臣上知天宮中識人間下知地府上視靈噩風貌如舊識賜名靈素號金門羽客通真達靈元妙先生賜金牌無時入內五年築通真宮以居之時宮禁多怪命靈素

治之埋鐵簡長九尺于地其怪遂絶因建寶籙宮太一西宮建仁濟亭施符水開神霄寶籙壇詔天下天寧觀改爲神霄玉清萬壽宮無觀者以寺充仍設長生大帝君青華大帝君像上自稱教主道君皇帝皆靈素所建也靈素被旨修道書改正諸家醮儀校讐丹經靈篇刪修注解每遇初七日升座座下皆宰執百官三衙親王中貴士俗觀者如堵講說三洞道經京師士民始知奉道矣靈素爲幻不一上每以聰明神仙呼之御筆賜玉真教

主神霄凝神殿侍宸立兩府班上思明逹后
欲見之靈素復爲葉靜能致太眞之術上尤
異之謂靈素曰朕昔到青華帝君處獲言改
除魔髠何謂也靈素遂縱言佛教害道今雖
不可滅合與改正將佛刹改爲宮觀釋迦改
爲天尊菩薩改爲大士羅漢改尊者和尚改
德士皆留髮頂冠執簡有旨依奏皇太子上
殿爭之令胡僧一立藏十二人幷五臺僧二
人道堅等與靈素鬬法僧不勝情願戴冠執
簡太子乞贖僧罪有旨胡僧放道堅係申國

人送開封府刺面決配于開寶寺前令衆明年京師大旱命靈素祈雨未應蔡京奏其妄上密名靈素曰朕諸事一聽卿且與祈三日天雨以塞大臣之謗靈素請急名建昌軍南豐道士王文卿乃神霄甲子之神兼雨部與之同告上帝文卿既至執簡敕水果得雨三日上喜賜文卿亦充凝神殿侍宸靈素眷益隆忽京城傳呂洞賓訪靈素遂捻土燒香氣直至禁中遣人探問香氣自通眞宮來上亟乘小車到宮見壁間有詩云捻土焚香事有

因世間宜假不宜眞太平無事張天覺四海
閒遊呂洞賓京城印行遶街叫賣太子亦買
數本進上大駭推賞錢千緡開封府捕之有
太學齋僕王青告首是福州士人黃待聘令
青賣送大理寺勘招待聘兄弟及外族爲僧
行不喜改道故云有旨斬馬行街靈素知蔡
京鄉人所爲上表乞歸本貫詔不允通眞有
一室靈素入靜之所常封鎖雖駕來亦不入
京遣人廉得有黃羅大帳金龍朱紅椅桌金
龍香爐京具奏請上親往臣當從駕上幸通

眞宮引京至開鎖同入無一物粉壁明窗而已京惶恐待罪宣和元年三月京師大水臨城上令中貴同靈素登城治水敕之水勢不退回奏臣非不能治水一者事乃天道二者水自太子而得但令太子拜之可信也遂遣太子登城賜御香設四拜水退四丈是夜水退盡京城之民皆仰太子聖德靈素遂上表乞骸不允秋九月全臺上言靈素妄改（改字疑是議字之誤）遷都妖惑聖聽改除釋教毀謗大臣靈素即時攜衣被行出宮十一月與宮祠溫州

居住二年靈素一日攜所上表見太守閭丘顥乞與繳進及與州官親黨訣别而卒生前自卜墳于城南山戒其隨行弟子皇城使張如晦可掘穴深五尺見龜蛇便下棺既掘不見龜蛇而深不可視葬焉靖康初遣使監溫州伐墓不知所蹤但見亂石縱橫强進多死遂已此耿延禧所作靈素傳也靈素本末世不知其全故著之不敢增易一字今溫州天慶宮有題銜云大中大夫沖和殿侍宸金門羽客通眞達靈元妙先生在京神霄玉清萬

壽宮管轄提舉通眞宮林靈素

世有十幹化五行眞氣之說莫究其理洪文敏載鄭景實臬之語謂取歲首月建之幹所生如甲己丙作首丙屬火火生土則甲己化土他倣此頗通余記昔年一術士云遇龍則化龍辰也甲己得戊辰戊屬土故化土乙庚得庚辰庚屬金故化金丙辛以降皆然其實一也

祖宗時諸郡皆有都廳至宣和三年懷安軍奏令尚書省公相廳改作都廳內外都廳並行

禁止欲將本軍都廳以僉廳爲名從之且命諸路依此此僉廳得名之始也然今帥府有僉廳又有都廳莫知所始矣

會稽虞少崔仲琳送林懿成季仲詩云男兒何苦澈羣書學到根原物物無曾子當年多一唯顏淵終日只如愚水流萬折心無競月落千山影自孤執手沙頭休話別與君元不隔江湖閱庚溪詩話喜而錄之

俗間有擊鼓射字之技莫知所始蓋全用切韻之法該以兩詩詩皆七言一篇六句四十二

字以代三十六字母而全用五支至十二齊韻取其聲相近便于誦習一篇七句四十九字以該平聲五十七韻而無側聲如一字字母在第三句第四字則鼓節先三後四叶韻亦如之又以一二三四爲平上去入之別亦有不擊鼓而揮扇之類其實一也詩曰西希低之機詩資非畀妻欺凝梯歸披皮肥其辭移題攜持齊時依胥微離爲兒儀伊鋤尼醯雞篦溪批毗迷此字母也羅家瓜藍斜淩倫思戈交勞皆來論留連王郎龍南關盧甘林

巒雷聊鄰簾櫳羸颿婁參辰闌楞根孿離驢寒閒懷橫縈鞋庚光顏此叶韻也又有以詩數十句該果實之名爲酒席之戲者與此略同然不假切韻頗爲簡易至于賣卜者但欲知十幹十二枝則尤不難然多只一擊鼓便能知年月日時八字蓋未擊之先踟躕顧盼舉動語默皆是物也

三司副使曰遷通判曰倅禮有副車倅車左傳孟僖子使泉丘人女助薳氏之簉簉倅皆副貳之稱然他官雖副貳不通用不知其由今

三司廢已久遷之名人無知者獨停之名猶然樓宣獻序向侍郎子諲集云擢之戶遷近時文字中所見者此耳

子夏問曰巧笑倩兮美目盼兮素以爲絢兮何謂也子曰繪事後素曰禮後乎謂禮必以忠信爲質也余謂學者始以持敬爲本而窮理盡性以終之亦繪事後素之意

吾不試故藝余妄意謂夫子天縱之聖藝皆不學而能非若常人嘗試而爲之故其多能皆本于自然而非有意于多能也古今諸家皆

無此說余亦未敢自以爲是

穆天子傳書八駿之名一曰赤驥二曰盜驪三曰白義四曰踰輪五曰山子六曰渠黃七曰華騮八曰綠耳王子年拾遺記載穆王馭八龍之駿一名絕地二名翻羽三名奔霄四名超影五名踰輝六名超光七名騰霧八名挾翼與二說不同

神仙赤松子見于書傳多矣惟淮南子稱赤誦子

嘉眘多士之鄉凡一成之聚必相與合力建夫

子廟春秋釋奠士子私講禮焉名之曰鄉校亦有養士者謂之山學眉州四縣凡十有三所嘉定府五縣凡十有八所他郡惟遂寧四所普州二所餘未之聞

劉卞功字子民濱州安定人弱不好弄六歲誤觸瓮碎家人更譙之神色自若曰俟釘校者來當全之復譙其妄曰人破尚可修紉瓮耶語未絶釘校者至相與料理頃之如新自是築環堵于家之後圃不語不出者三十餘年或食或不食徽廟聞其名數敕郡縣津致闕

馳近侍名之對曰吾有嚴願不出此門上知不可奪賜號高尚先生王子常侍郎衣其外兄也嘗問以修行之術書云非道亦非律又非虛空禪獨守一畝宅惟耕己心田又云以手捫胷欲心清淨以手上下欲氣升降每云常人以嗜欲殺身以貨財殺子孫以政事殺民以學術殺天下後世吾無是四者豈不快哉靖康之變不知所終

周宣王中興之賢君也然考之于詩曰箴曰規曰誨曰刺不一而足第序詩者不能直書其

事故後世儒者毋敢訾議余觀國語所載如
不藉千畝拒虢文公之諫而致姜戎之敗捨
括立戲激魯人之變而致諸侯之不睦及喪
師之後復爲料民之舉雖仲山甫之言且不
用焉文武成康之治豈如是哉周之東遷烏
得盡委其責于幽平二王乎其所由來者漸
矣史記但書不藉千畝料民太原二事之目
不若國語之詳也

容齋隨筆謂近世所傳雲仙散錄開元天寶遺
事老杜事實皆淺妄絕可笑而頗能疑誤後

生然但辨遺事中數事餘二書無說老杜事
實世不多見葛常之韻語陽秋云老杜詩云
東閣官梅動詩興還如何遜在揚州按遜傳
無揚州事而遜集亦無揚州梅花詩但有早
梅詩云兔園標物序驚時最是梅銜霜當路
發映雪凝寒開枝橫却月觀花繞凌風臺應
知早飄落故逐上春來杜公前詩乃逢早梅
而作故用何遜事又意却月凌風皆揚州臺
觀名爾近時有妄人假東坡名作老杜事實
一編無一事有據至謂遜作揚州法曹廨舍

有梅一株吟詠其下豈不誤學者以上皆舊語若雲仙散錄則余家有之凡三百六十事而援引書百餘種每一書皆錄一事周而復始如是者三其閒次序參差者數條而已編集文籍豈能整齊如此已可一笑序稱天祐元年金城馮贄取九世典籍撮其膏髓別爲一書庚兵火煨燼之後來者不至束手今百書遂無存者則贄可謂前知矣崇文總目成書時距天祐未甚久隋唐以前書籍存者極多贄家之書無一著錄雖有金鑾密記之類

一二種而所編三事本書反無之又其造語盡倣世說若集諸家之言豈應一律始實容齋之說後閱館本遜集葛所引梅詩尚脫第四聯朝洒長門泣夕駐臨卭杯

胡忠簡之貶李似之侍郎彌遜書十事以贈一曰有天命有君命不擇地而安之二曰唯君子困而不失其所亨三曰名節之士猶未及道更宜進步四曰境界違順當以初心對治五曰子厚居柳築愚溪東坡居惠築鶴觀若將終身焉六曰無我方能作為大事七曰天

將任之必大有推抑八曰建立功名非知道者不能九曰太剛恐易折須養以渾厚十曰學必明心記問辨說皆餘事

古樂府木蘭詞文字奇古然其間有云歸來見天子天子坐明堂策勳十二轉賜物百千強可汗問所欲木蘭不願尚書郎願馳千里足送兒還故鄉按木蘭詐作男子代父征行逮歸家易服火伴方知其爲女當其見天子之時尚稱男子而曰送兒歸故鄉何哉兒者婦人之稱也

熙寧青苗法行計息推賞否則廢黜官吏畏罪
希進所散唯恐不多知祥符縣李敦頤視前
政獨貸三之一宰相怒甚遂通判廣信軍敦
頤字子脩棣州陽信人蘇文定公奏疏所言
即此也

太宗嘗謂宰相曰流俗有言人生如病瘧于大
寒大暑中過歲寒暑迭變不覺漸成衰老苟
不競爲善事虛度流年良可惜也李文簡書
之長編而宗門武庫載五祖亦有此語又唐
摭言載趙牧對酒詩亦有人生如瘧在須臾

何乃自苦八尺軀之句

中書侍郎舊稱中書令轉爲中書舍人之稱近歲有以六部侍郎兼中書舍人者遂直呼中書侍郎尤非是官制前左右丞六部侍郎通謂之丞郎今有稱郎官寺監丞爲丞郎者矣皆失之不考也若稱中書舍人爲中舍則容齋已辨之矣

前代東宫官于皇太子皆稱臣隋開皇中嘗更其制至唐而復眞廟爲皇太子始辭之

臨漢石經與今文不同者殊多東觀餘論略記

之如書女毋翕侮成人今作女毋侮老成人
保后胥高今作保后胥戚女永勸憂今作汝
誕勸憂女有近則在乃心今近作戕女比猶
念以相從今作汝分猷各翕中今作各設中
爾謂朕曷祗動萬民以遷今作爾謂朕曷震
動天既付命今付作孚白陳其五行今作汩
陳嚴恭寅畏天命自亮以民祗懼今亮作度
以作治懷保小人惠于矜寡今人作民于作
鮮毋兄曰今作無皇曰則兄自敬德今兄作
皇旦以前人之㣲言今作受人之㣲言是因

顯哉厥世今哉作在文王之鮮光今作耿光
通殷就大命今作達殷集大命論語意與之
與今意作抑孝于惟孝今于作乎朝聞道夕
死可也今也作矣是魯孔丘與曰是知津矣
今作是魯孔丘與曰是也曰是知津矣耰不
輟子路以告子憮然今作耰而不輟子路行
以告夫子憮然置其杖而耘今置作植其斯
以乎今作其斯而已矣譬諸宮牆今諸作之
賈諸賈之哉今賈作沽恨不見其全也
顧命一人冕執銳陸氏釋文銳以稅反今禮部

韻尹字下有鋭字注云侍臣所執書一人冕執鋭古文尚書亦作鈗不知承誤作鋭自何時始也

晁伯字載之昭靈夫人祠詩安用生男作劉季莫年無骨葬昭靈陸務觀游黄州詩君看赤壁終陳迹生子何須似仲謀

自唐以紀年改梁州曰興元府本朝紹興隆興慶元諸府皆循用故事縣名亦多有之獨嘉州以慶元初陞嘉定府越十三年方改元嘉定與諸府不同

韓文公記夢詩百二十刻須臾間方氏舉正載董彥遠云世間只百刻百二十刻以星紀言也朱文公考異云星紀之説未詳其旨但漢哀帝嘗用夏賀良説刻漏以百二十為度矣余謂董説固妄夏賀良之説行之不兩月而改且衰世不典之事韓公必不引用按古之漏刻晝有朝禺中晡夕夜有甲乙丙丁戊至梁武帝天監六年始以晝夜百刻布之十二辰每時得八刻仍有餘分故今世歷家百刻舉成數爾實九十六刻也每時餘分别為初

初正初刻一日合二十有四每刻居六分刻之一總而計之爲四刻始合百刻之數刻雖有大小其名則百有二十韓詩恐只取此正不須求之遠也

熙寧間賜岐王顥嘉王頵玉帶各一二王固辭不聽請加佩金魚以别嫌詔并以玉魚賜之王仲言明清揮麈錄謂玉帶爲朝儀始此其後嘗賜王安石安石力辭不從不得已受詔次日即釋去至徽宗朝以賜蔡京京請佩金魚以自别于諸王從之自是何執中鄭居中

王黼蔡攸童貫皆受賜余按唐永徽二年敕
開府儀同三司及京官文武職事四品五品
竝給隨身魚上元初敕文武官三品以上服
金玉帶開元中敕珠玉錦繡既令禁斷準式
三品以上飾以玉四品以上飾以金五品以
上飾以銀者宜于腰帶及馬鐙酒杓餘悉禁
斷董晉傳謂五品而上金玉帶所以盡飾以
奉上史傳載賜玉帶及臣下私以玉帶相贈
遺者班班可考韓文公詩亦云不知官高卑
玉帶懸金魚則知唐已然矣五代漢隱帝嘗

以賞郭威之功既又名楊邠輩數人悉賜之然不足稽也楊文公談苑載國朝賜帶之制謂駙馬都尉初選尚賜白玉帶親王皇族皆許通服雕玉白玉等帶則不始于岐嘉二王審矣玉魚安重榮亦嘗自爲之

或問陸文安公何不注釋諸經以垂世陸曰六經乃注我者也

州縣治率南面然南面二字人臣不得用也惟山谷送徐隱父宰餘干詩云地方百里身南面豈别有所本歟恨讀書不多不能詳也

章貢志謂漢高帝六年命灌嬰略定江南令天下城縣邑始置雩都縣按高紀六年冬十月但書令天下郡邑城而已餘皆無所見雩都置縣地理志不書歲月考紀及傳灌嬰蹤跡未嘗到江南鑿空著書可付一笑洪駒父豫章職方乘亦謂灌嬰在漢初定江南故祀以爲城隍神今江西郡縣城隍多指爲灌嬰其寔非也友人蕭子壽大年考功臣侯表始知其爲陳嬰蓋嬰自定東陽爲將屬楚項梁爲楚柱國四歲項羽死屬漢定豫章浙江封堂

邑侯都漸顏師古謂漸水名在丹陽黝縣南蠻中嬰既定諸地而都之地理志注黝音伊字本作黟其音同始知定江南者爲陳嬰流俗所傳不爲全無所據但誤其姓耳

賓退錄卷第一

賓退錄卷第二

大梁　趙　與旹

朱文公嘗與客談世俗風水之說因曰冀州好一風水雲中諸山來龍也岱嶽青龍也華山白虎也嵩山案也淮南諸山案外山也

曲忠壯在蜀有詩云破碎江山不足論何時重到渭南邨一聲長嘯東風裏多少未歸人斷魂

范沖嘗對高宗云詩人多作明妃曲以失身爲無窮之恨獨王安石曰漢恩自淺自

深人生樂在相知心然則劉豫之僭非其罪

漢恩淺而　恩深也今之背君父之恩投拜

而爲盜賊者皆合于安石之意此所謂壞天

下人心者也臨江徐思叔得之亦嘗病荆公

此語謂有膺律李陵之風乃反其意而爲之

遂得詩名于時其詞云妾生豈願爲　婦失

信寧當累明主已傷畫史忍欺君莫使君王

更欺　琵琶却解將心語一曲才終恨何數

朦朧　霧染宫花淚眼横波時自雨專房莫

倚黄金賂多少專房棄如土寧從别去得深

嚬一步思君一回顧　山不隅思歸路只把琵琶寫辛苦君不見有言不食古高辛生女無嫌嫁盤瓠

康節邵先生之學受于李挺之而今世少知挺之者晁以道說之嘗爲作傳曰李之才字挺之青社人天聖八年同進士出身爲人朴且率自信無少矯厲師河南穆伯長伯長性卞嚴寡合雖挺之亦頻在訶怒中挺之事先生益謹嘗與參校柳文者累月卒能受易時蘇子美亦從伯長學易其專授受者惟挺之伯

長之易受之种徵君明逸种徵君受之希夷
先生陳圖南其源流爲最遠究觀三才象數
變通非若晚出尚辭以自名者挺之初爲衞
州獲嘉縣主簿權共城令所謂康節先生邵
堯夫者時居母憂于蘇門山百源之上布裘
菜食且躬爨以養其父挺之叩門上謁勞苦
之曰好學篤志果何似康節曰簡策迹外未
有適也挺之曰君非迹簡策者其如物理之
學何他日則又曰物理之學學矣不有性命
之學乎康節謹再拜悉受業于書則先視之

以陸淳春秋意欲以春秋表儀五經旣可語
五經大旨則授易而終焉世所謂康節先生
之易者實受之挺之挺之器大難乎識者栖
遲久不調或惜之則曰宜少貶以榮進友人
石曼卿獨曰時不足以容君君盍不棄之隱
去冉調孟州司法參軍時范忠獻公守孟亦
莫之知也忠獻初建節鉞守延安送者不用
故事出境外挺之獨别近郊或病之謝曰故
事也居頃之忠獻責安陸挺之沿檄見之洛
陽前日遠境之客無一人來者忠獻于是乎

恨知挺之之晩友人尹師魯以書薦挺之于葉舍人道卿因石曼卿致之曰孟州司法參軍李之才年三十九能爲古文章語直意遂不肆不窘固足以蹈及前輩非洙所敢品目而安于卑位頗無仕進意人罕能知之其才又達世務使少用于世必過人遠甚幸其貧無貲不能決其歸心知之者當共成之曼卿報師魯曰今之業文好古之士至鮮且不張苟遺若人其學益衰矣是師魯當盡心以成之者也延年素不喜屈謁貴仕以挺之書凡

四五至道卿之門通焉而後已道卿且樂薦之以是不悔挺之遂得應銓新格有保任五人改大理寺丞爲緱氏令未行會曼卿與龍圖閣直學士吴遵路調兵河東辟挺之澤州僉署判官于是澤州劉仲更從挺之受歷法世稱劉仲更之歷遠出古今上有揚雄張衡之所未喻者實受之挺之在澤轉殿中丞丁母憂甫除喪暴卒于懷州守舍時友人尹子漸守懷也實慶歷五年二月子漸哭挺之過哀感疾不踰月亦卒挺之葬青社後十有二

年一子以疾卒又二十有四年有姪君翁乞
康節表其墓曰求于天下得聞道之君子李
公以師焉以道此傳頗能道其出處之詳然
康節嘗曰今世知道者獨予及李挺之二人
而已則此傳亦豈足以盡挺之哉
東坡公知揚州夢行山林間一虎來噬方驚怖
有紫衣道士揮袖障公叱虎使去明日一道
士投謁曰夜出不至驚畏否公咄曰鼠子乃
敢爾本欲杖汝脊汝謂吾不知汝子夜術耶
道士惶駭而退林靈素傳中徽宗神霄夢亦

此類新淦祥符觀道士何得一宣和間遊京
師遇方士陶光國愛其人物秀整語之曰當
爲辦一事姑亟歸無幾何徽宗夢人曰天上
神仙鄭化基地下神仙何得一明日命閱祠
部帳得諸新淦籍中化基其師也遽命名時
得一方次郢州守貳禮請以往旣對上大悅
賜號沖妙大師立龍德太一宫旋授丹林郎
制曰惟上帝休命誕集朕躬故宏天飛之舊
宫奉眞棊之列御非得端靖修潔之士孰與
致朕嚴恭寅畏之意哉爾植志靡懈飭履有

聞嘉其積勤超進仙秩尚敦而素毋終墮哉
時六年六月二十五日也未幾中原亂得一
亦歸里坎壈以死得一庸人無他異僥倖至
此光國不知何許人
孔子曰君子周而不比小人比而不周君子喻
於義小人喻於利君子坦蕩蕩小人長戚戚
君子和而不同小人同而不和君子易事而
難說也說之不以道不說也及其使人也器
之小人難事而易說也說之雖不以道說也
及其使人也求備焉君子泰而不驕小人驕

而不泰君子上達小人下達君子求諸己小人求諸人君子不可小知而可大受也小人不可大受而可小知也君子小人之情狀其判如此爲士者當知所擇矣余亦懼爲小人之歸也筆之以自警焉

萬里鑾輿去不還故宮風物尚依然四圍錦繡山河地一片雲霞洞府天空有遺愁生落日可無佳氣起非煙古來國破皆如此誰念經營二百年此毛麾過龍德故宮詩也麾字牧達平陽府人有平水老人詩集十卷行于

境搉商或攜至中國余偶得一帙司觀者頗多序稱其父當宋大觀三年上舍登第後中宏詞科季年嘗任給事中按登科記大觀三年榜中毛安節者葢其父然次年詔改宏詞爲詞學兼茂終徽宗欽宗兩朝取詞科爲夕郎者皆無毛姓必陷　後事也

集賢殿修撰舊多以館閣久次者爲之有自常僚超授要任未至從官者亦除修撰時人遂有冷撰熱撰之目近世士夫以集英爲熱撰右文秘閣爲冷撰非也右文即集賢政和五

年改

讀橫渠詩最愛其一篇云學易窮源未到時便將虛寂眇心思宛如童子攻詞賦用即無差問不知

胡致堂著讀史管見主于譏議秦會之開卷可考也如論耶律德光諭晉祖宜以桑維翰爲相謂維翰雖因德光而相其意特欲興晉而已固無揀

以自重劫主以盜權之意猶足爲賢尤爲深切致堂本文定從子其生也父母欲不舉文定夫人舉而子之及貴遭本生

之喪士論有非之者故漢宣帝立皇考廟晉出帝封宋王敬儒兩章專以自解而于漢哀帝謝立定陶後一節直謂爲人後者不顧私親安而行之猶天性也吁甚矣首卷論豫讓報雠曰無所爲而爲善雖大學之道不是過若致堂者其亦有所爲而著書者歟然其間確論固不容揜也

近時後進稱前輩之字人多非之余謂不然孔門弟子皆稱其師曰仲尼則豈不可又有父祖既沒子孫不忍稱其字者亦古之所無非

齊王元景兄弟諱其父之字顏之推譏之然父没而不能讀父之書母没而桮圈不能飲焉況稱其字乎以情推之亦未爲過古者以王父字爲氏雖只一字似未安也

梁武帝命袁昂作書評其荅啓曰奉敕遣臣評古今書臣愚短豈敢輒量江海但天旨謬臣斟酌是非謹品字法如前今淳化法帖第五卷智永書此一段謂爲梁武帝評書中興館閣書目亦然誤也其略云王僧虔書猶如揚州王謝家子弟縱復不端正奕奕皆有一種

風氣王子敬書如河朔少年皆充悅舉體沓
拖而不可耐羊欣書似婢作夫人不堪位置
而舉止羞澀終不似眞阮研書似貴胄失品
次不復排突英賢王儀同書如晉安帝雖不
處尊位而都無神明殷均書如高麗人抗浪
乃不有意氣而姿顏自足精味徐淮南書如
南國士大夫徒尚風軌殊不寒乞陶隱居書
如吳興小兒形狀未成長而骨體甚峭快吳
施書如新亭傖父一往揚州逢人共語語便
態出柳產書如深山道士見人便欲退縮曹

喜書如經綸道士言不可絶王右軍書字勢雄强如龍跳天門虎卧鳳闕故歷代寶之永以爲訓蔡邕書骨氣洞達爽爽如有神力程曠平書如鴻鵠弄翅頡頏布置初雲之見白日蕭思話書如舞女低腰仙人嘯樹李鎮東書如芙蓉之出水文采如鏤金桓玄書如快馬入陣隨人屈曲豈須文譜范懷約眞書有力草書無功故知簡牘非易皇象書如韻音繞梁孤飛獨舞孔琳之書如散花空中流徽自得李嵒之書如鏤金素月屈玉自照薄紹

之書如龍游在霄繾綣可愛崔子玉書如危
峯阻日孤松單枝邯鄲淳書應規入矩方圓
乃成師宜官書如鵬翔未息翩翩而自逝梁
鵠書如龍威虎震劒拔弩張張伯英書如武
帝愛道憑虛欲仙衞恒書如插花舞女援鏡
笑春索靖書如飄風忽舉鷙鳥乍飛鍾繇書
如雲鶴游天羣鴻戲海行閒茂密實亦難過
米元章采隋唐至本朝得一十四家續之僧
智永書經氣骨清健大小相雜如十四五貴
冑褊性方循繩墨忽越規矩褚遂良如熟馭

戰馬舉動從人而別有一種驕色虞世南如
學休糧道士神意雖清而體氣疲困歐陽詢
如新痊病人顏色憔悴舉動辛勤柳公權如
深山道士修養已成神氣清健無一點塵俗
顏眞卿如項羽挂甲樊噲排突硬弩欲張鐵
柱特立昂然有不可犯之色李邕如乍富小
民舉動屈強禮節生疎徐浩如蘊德之人動
容溫厚舉止端正敦尚名節體氣純白沈傳
師如龍游天表虎踞溪旁神情自如骨法清
虛周越如輕薄少年舞劍氣勢空健而鋒刃

交加錢易如美丈夫肌體充悅神氣清秀蔡襄如少年女子體態嬌嬈行步緩慢多飾繁華蘇舜欽如五陵少年訪雲尋雨駿馬青衫醉眠芳草狂歌院落張友直如宮女插花嬙嬌對鑑端正自然別有一種嬌態唐書王勃傳載開元中張說與徐堅論近世文章說曰李嶠崔融薛稷宋之問之問如良金美玉無施不可富嘉謩如孤峯絶岸壁立萬仞濃雲鬱興震雷俱發誠可畏也若施于廊廟駭矣閻朝隱如麗服靚粧燕趙歌舞觀者忘疲若

類之風雅則罪人矣堅問今世奈何説曰韓
休之文如太羹玄酒有典則薄滋味許景先
如豐肌膩理雖穠華可愛而乏風骨張九齡
如輕縑素練實濟時用而窘邊幅王翰如瓊
杯玉斝雖爛然可珍而多玷缺堅謂篤論齊
道人湯惠休云謝靈運詩如芙蓉照水顏延
年詩如錯采鏤金梁鍾嶸云范雲詩宛轉清
便如流風回雪丘遲詩點綴映媚如落花在
草張芸叟評本朝名公詩梅聖俞如深山道
人草衣木食王公大人見之不覺屈膝石曼

卿如飢鷹乍歸迅逸不可言歐陽永叔如春服乍成醲酒初熟登山臨水竟日忘歸王介甫如空中之音相中之色欲有尋繹不可得矣蘇子瞻如武庫乍開干予森然見之不覺令人神懾子細檢點不能無利鈍郭功父如大排筵席二十四味終日揖遜適口者少劉中叟次莊塵土黃詩序謂樂府自唐以來杜甫則壯麗結約如龍驤虎伏容止有威李白則飄揚振激如游雲轉石勢不可遏今主管廣東漕司文字長樂遨器之陶孫遂盡取魏

晉而下詩人演而爲詩評曰因暇日與弟姪
輩評古今諸名人詩魏武帝如幽燕老將氣
韻沈雄曹子建如三河少年風流自賞鮑明
遠如飢鷹獨出奇矯無前謝康樂如東海揚
帆風日流麗陶彭澤如絳雲在霄舒卷自如
王右丞如秋水芙蕖倚風自笑韋蘇州如園
客獨繭時合音徽孟浩然如洞庭始波木葉
微脫杜牧之如銅丸走坂駿馬注坡白樂天
如山東父老課農桑言言皆實元微之如李
龜年說天寶遺事貌悴而神不傷劉夢得如

鏤玉雕瓊流光自照李太白如劉安雞犬遺
響白雲褎其歸存恍無定處韓退之如囊沙
背水惟韓信獨能李長吉如武帝食露槃無
補多慾孟東野如埋泉斷劍卧壑寒松張籍
如優工行鄉飲醻獻秩如時有詼氣柳子厚
如高秋獨眺霽晚孤吹李義山如百寶流蘇
千絲鐵網綺密瓌妍要非適用本朝蘇東坡
如屈注天潢倒連滄海變眩百怪終歸雄渾
歐公如四瑚八璉止可施之宗廟荊公如鄧
艾縋兵入蜀要以險絕爲功山谷如陶弘景

祗詔入宮析理談玄而松風之夢故在梅聖俞如鬬河放溜瞬息無聲秦少游如時女步春終傷婉弱后山如九皐獨唳深林孤芳沖寂自妍不求識賞韓子蒼如梨園按樂排比得倫呂居仁如散聖安禪自能奇逸其他作者未易殫陳獨唐杜工部如周公制作後世莫能擬議

沈存中筆談載石曼卿居蔡河下曲鄰有豪家曼卿訪之延曼卿飲羣妓十餘人各執肴果樂器一妓酌酒以進酒罷樂作羣妓執果肴

者萃立其前食罷則分列其左右京師人謂之軟槃余按江南李氏宰相孫晟每食不設几案使衆妓各執一器衆立而侍號肉臺槃時人多效之事見五代史記死事傳及馬令南唐書義死傳軟槃蓋始于此

三省密院奏事退覆奏所得旨周文忠書其本末于二老堂襍誌甚詳著其畧于此淳熙四年四月甲戌垂拱殿六參使相曾覿起居退肩輿歸第直省官賈光祖散祗候李處和使臣唐章騎從已而參政龔茂良奏事畢馳馬

入堂遂踵相躡街司促光祖輩避道光祖輩
出語不遜光祖處和實隸籍三省密院茂良
大不能平明日奏其事上諭覿致謝又明日
覿以光祖處和申省施行上謂茂良先權衝
替二人然後施行茂良遽下臨安府杖罷丁
丑上批問茂良昨已面諭何遽也自是茂良
待罪求去不絶五月甲子戶部郎謝開之賜
出身除殿中侍御史六月丁丑茂良除資政
學士知鎮江府是日開之對壬午再對癸未
茂良落職放罷于是覿之婣家韓彥古獻議

三省密院舊奏事退徑批聖旨非是乞朝退一一覆奏禁中詳觀乃付出專爲此也上大以爲然自是每事于奏目後用黄紙貼云得旨云云朝退封入改則改留則留遂以爲常是月末蜀人張唐卿欲用淮南舊賞改官趙雄力止之都承旨王抃執不可雄乃請改次等合入官既覆奏上令循兩資明日上諭三省云若非覆奏幾誤推賞此可爲萬世法雖有强臣跋扈不能易也七月癸丑開之又論茂良遂責散官英州安置國初自范質進擬

已更舊制至是復創覆奏云開之名下一字曰然上一字犯御嫌名故書其字

靖州圖經載其俗居喪不食酒肉鹽酪而以魚爲蔬今湖北多然謂之魚菜不特靖也老杜白小詩云白小羣分命天然二寸魚細微霑水族風俗當園蔬正指此蓋老杜嘗往來荆楚而此詩則嘉興魯氏定爲夔門所作夔亦與湖北相鄰故也注杜詩者皆不及此韻語陽秋云言白小與菜無異豈復有厚味哉非其指矣

唐僖宗乾符二年禮部侍郎崔沆下進士三十人鄭合敬第一撫言載其宿平康里詩云春來無處不閒行楚閏相看別有情好是五更殘酒醒時時聞喚狀頭聲注云楚娘閏娘妓之尤者韻語陽秋謂爲鄭谷所作誤矣

臨安有鬻紙者澤以漿粉之屬使之瑩滑謂之蠲紙蠲猶潔也詩吉蠲爲饎周禮宮人除其不蠲名取諸此又記五代何澤傳載民苦于兵往往因親疾以割股或旣喪而廬墓以規免州縣賦役戶部歲給蠲符不可勝數而課

州縣出紙號蠲紙蠲紙之名適同非此之謂也

唐明宗時加秦王從榮天下兵馬大元帥有司言元帥或統諸道或專一面自前世無天下大元帥之名其禮無所考按余按唐至德初以廣平王爲天下兵馬元帥天復三年三月以輝王祚爲諸道元帥其年十二月敕國史所書元帥之任並以天下爲名乃自近年改爲諸道宜却復爲天下兵馬元帥至德距長興尚遠若天復則耳目相接而有司皆不之

知何其陋邪元帥之名肇見于左氏晉謀元帥是也然是時所謂元帥者中軍之將爾未以名官也至隋始有行軍元帥唐初有左右元帥太原道行軍元帥西討元帥自此寖多然天下兵馬元帥則始于廣平大元帥則始于從榮唐末嘗以天下兵馬元帥授朱全忠僞吳以天下兵馬大元帥授李昪梁末帝以天下兵馬都元帥授錢鏐晉高祖以天下兵馬都元帥授錢元瓘出帝以東南面兵馬都元帥授錢弘佐周又以天下兵馬都元帥授

錢俶國初改爲天下兵馬大元帥古今當其
任者蓋寥寥可數而我高宗皇帝遂自此應
中天之運初元帥皆親王爲之廷臣副貳而
已惟哥舒翰郭子儀李光弼房琯皆嘗眞除
錢氏繼之全忠自置眞昇僞命不足道也
岑彭引兵從光武破天水與吳漢圍隗囂于西
城時公孫述將李育將兵救囂守上邽帝留
蓋延耿弇圍之而車駕東歸敕彭書曰兩城
若下便可將兵南擊蜀虜人苦不知足旣平
隴復望蜀世言得隴望蜀本此又司馬懿爲

曹操主簿從討張魯言于操曰劉備以詐力虜劉璋蜀人未附而遠爭江陵此機不可失也今若耀威漢中益州震動進兵臨之必瓦解因此之勢易爲功力聖人不能違時亦不失時操曰人苦無足既得隴右復欲得蜀言竟不從葢用前語也

晉明帝問王導晉所以得天下導陳司馬懿創業之始及司馬昭弒高貴鄉公事明帝以面覆牀曰若如公言晉祚復安得長遠殊不思牛繼馬後晉已絶矣

古今詠史之作多矣以經子被之聲詩者葢鮮張橫渠始爲解詩十三章葛覃曰葛蔓青長谷鳥遷女工興念憶歸安不將貴盛驕門族容夜親心得盡歡卷耳曰閨閫誠難與國防默嗟徒御困高岡觥罍欲解痡瘏恨采耳元因備酒漿洪忠宣著春秋紀詠三十卷凡六百餘篇石碏大義滅親曰惡吁及厚篤忠純大義無私遂滅親後代姦邪殘骨肉屢援斯語陷良臣鄭人來渝平曰鄭人來魯請渝平姑欲修和不結盟使宛歸祊平可驗二家何

誤作隳成張無垢亦有論語絶句百篇夫子之文章可得而聞也夫子之言性與天道不可得而聞也曰既是文章可得聞不應此外尚云云如何夫子言天道冝把文章兩處分顔子簞瓢曰貧即無聊富即驕回心獨爾樂簞瓢箇中得趣無人會惆悵遺風久寂寥近歳嘗見紀孟十詩題張孝祥作于湖集中無之必依託者如爭地爭城立霸基焉能一統混華夷力期行政怠求艾深欲爲王愧折枝緣木求魚何反討爲叢敺雀失深思是宜孟

氏諄諄誨不嗜殺人能一之異端邪說日交
馳聖哲攻之必費辭深詆竝耕排許子極言
二本闢夷之復明陳仲廉無取力斥楊朱義
不爲寄語外人非好辯欲令大道日星垂又
有黃炎伋者不知何許人賦評孟詩十九篇
極詆孟子且及子思漫記一二首篇傳道八
句云此道曾參得最眞寥寥千載付何人所
傳伋也亦無毋誰覺輒乎唱不臣忠孝缺來
今已久中庸到此盡維新顧言爲子爲臣者
勿據悠悠紙上塵文王之囿方七十里一絕

云庇民德莫大文王西伯都來百里强園囿盤遊方七十斯民何處事耕桑蚍蜉撼大木多見不知量也若康節先生觀易觀書觀詩觀春秋四吟則盡掩衆作一物其來有一身一身還有一乾坤能知萬物備于我肎把三才別立根天向一中分體用人于心上起經綸天人焉有兩般事道不虛行只在人吁嗟四代帝王權盡入區區一舊編或讓或爭三萬里相因相革二千年唐虞事業誰能繼湯武功夫世莫傳時旣不同人又異仲尼惡得

不潛然愛君難得似當時曲盡人情莫若詩
無雅豈明王教化有風方識國興衰知音未
若吳公子潤色曾經魯仲尼三百五篇天下
事後人誰敢更譏非堂堂王室寄空名天下
無時不戰爭滅國伐人惟恐後尋盟報役未
嘗寧晉齊命令炎如火文武鎡基冷似冰惟
有感麟心一片萬年千載若丹青

賓退錄卷第二

賓退錄卷第三

大梁趙與峕

晉簡文母鄭太后諱阿春，晉人避其諱，皆以春秋爲陽秋。后傳孝武下詔依陽秋故事上尊號，孝武母李太后傳何澄等議服制曰陽秋之義，母以子貴是也。若褚裒傳桓彝目之曰有皮裏陽秋，荀奕傳張闓孔愉難奕駿陳留王出城夫謂宋不城周陽秋所譏，則皆事在鄭后之前，晉之史官追改以避之耳。故孫晟輩著書曰晉陽秋，近世葛常之侍郎立方作詩話極其該洽顧名之曰韻語陽秋以今人而爲晉諱不深考也晉世后諱多矣獨避鄭諱爲不可曉然晟又有魏氏春秋習鑿齒亦著漢晉春秋司馬彪作九州春秋則當時亦不盡避史官亦不能盡改蓋晉史凡十八家而唐人修書又出于二十一人之手豈無同異邪

世俗稱列寺卿曰大卿諸監曰大監所以别于少卿監自國初以寺監寄祿之時已然相承甚久然前代但有大鴻臚大司農大匠而已

大卿大監之名殊不典元魏雖有大宗正卿大司農卿隋亦有新都大監然皆不足證也獨晉人謂著作郎爲大著作職官志亦然今稱著作郎曰大著猶有据依

元昊寇邉韓忠獻駐兵延安夜有人攜匕首到卧内遂褰帷韓起坐問誰何曰某來殺諫議誰遣汝來曰張相公葢張元也韓復就枕曰汝攜我首去曰某不忍願得諫議金帶足矣取帶而出明日不復治其事俄守陴卒報城櫓上得金帶乃納之明受之變張忠獻平江

起義兵勤王行次嘉禾一夕坐至夜分警備嚴甚忽有刺客至前出胥閒文書乃苗劉使來賊公者賞格甚盛時左右睡已熟張遽問爾欲何爲對曰某河北人粗知順逆豈肎爲賊用况侍郎精忠大節感通神明某又安忍致害耶特見備禦未至恐後復有來者故相報耳張下執其手問其姓名曰某初讀書若言姓名是徼後利顧有母在河北今徑歸矣拂衣而去超捷若神翼日張取郡獄死囚斬以狥曰此刺客也私識其人經年物色竟不

遇二事頗相似但受帶一節韓不及張而前之刺客亦不可以望後者也漢梁王使人刺爰盎刺者至關中問盎稱之皆不容口乃見盎曰臣受梁王金刺君君長者不忍刺然後刺者十餘曹備之又與張事相類然爰卒不免而張竟無他張公忠臣爰非眞長者天理爲不誣矣韓事見王彥輔麈史張事具行狀

光逸爲門亭長迎新令至京師胡毋輔之輩詣令家望見奇之李矩爲吏送故縣令于長安梁王彤以爲牙門以是知吏從迎送之儀晉

已然矣宋書庾登之傳載其除豫章太守自臨川便道之官亦云儀迓光赫又謝方明自晉陵太守爲南郡相晉陵亦有送故主簿隨在西蕭梁時諸鎮皆有迎主簿

今人以月一日八日十四日十五日十八日二十三日二十四日二十八日二十九日三十日不食肉謂之十齋釋氏教也余按唐會要武德二年正月二十四日詔自今以後每年正月九日及每月十齋日竝不得行刑所在公私宜斷屠釣永爲常式乾元元年四月二

十四日敕每月十齋日及忌日竝不得采捕
屠宰仍永爲式其來尚矣九國志亦載南唐
大臣多蔬食月爲十齋今斷獄律疏議列此
十日謂之十直日
白樂天于潯陽舟中見商婦賦琵琶行其中有
云商人重利輕別離前月浮梁買茶去是時
此商留家潯陽而遠取茶于浮梁始知潯陽
之茶唐未有也今其行幾徧天下而浮梁所
產反不著時代推移而土地所生亦復變遷
如此

晉書王育仕劉淵爲太傅韋忠仕劉聰爲鎮西大將軍劉敏元仕劉曜爲中書侍郎三人者皆嘗委質于晉矣而皆謂之忠義王宏桎梏罪人以泥墨塗之面置深坑中餓不與食太康中檢察士庶使車服異制宏緣此復遣吏科檢婦人袒服至褰發于路顧謂之良吏王渾妻鍾氏嘗夫婦共坐其子濟趨庭而過渾欣然曰生子如此足慰人心鍾笑曰若使新婦得配參軍生子故不翅如此參軍者渾弟淪也顧謂之烈女眞可發一笑

邵康節洛陽春八絶其一云四方景好無如洛一歲花奇莫若春景好花奇精妙處又能分付與閒人先鑑堂朝野遺事載呂吉甫在趙韓王南園京師匃人曰風乞兒者持大扇造呂求詩呂即書扇上無人肎作佐除非乞没藥堪醫最是風求乞害風都占斷算來世上少如公呂詩雖戲謔然向體絶與邵詩相類

呂居仁舍人嘗與汪聖錫尚書論竝拜兩相獨曾文昭草文肅制爲得右相詞命之體乾道閒虞忠肅拜右相汪適當制遂祖其意而爲

之余按曾制云左右置相以總吾喉舌之司東西分臺以幹我鈞衡之任居中如鼎足之峙承上若台符之聯相須而成缺一不可乃登次輔以告大庭汪制云朕洪惟國朝之制竝建宰輔之司應變守文咸底于道獻可替否各殫厥心矧予繼承惟日兢惕懋乃后德文脩翳賴于同寅揚于王庭孚號式新于众聽其登次相以叶舊章似微不及也初韓忠彥拜左僕射蔡京當制欲刺探徽宗之意徐奏請曰制詞合作專任一相或作分任兩相

之意徽宗曰專任一相翼日京出宣言曰子宣不復相矣已而復名肇草制拜右僕射肇之詞蓋有爲云

李昊仕于蜀王衍之亡爲草降表及孟昶降又草焉蜀人夜書其門曰世修降表李家當時傳以爲笑余記晉謝澹少歷顯位桓玄之篡以澹兼太尉與王謐俱齎冊到姑孰元熙中爲光祿大夫復兼太保持節奉冊禪宋正堪作對

漢昭帝察霍光之忠知燕王上書之詐後世稱

其明順帝時張逵輩賛梁商謀廢立帝知其
妄收逵等殺之與昭帝相類洪文敏謂順帝
復以政付梁冀其明非昭帝比故不爲人所
稱前燕慕容暐初立慕輿根譖慕容恪慕容
評將謀爲亂暐曰二公國之親穆先帝所託
終應無此未必非太師將爲亂也收根等斬
之可與昭順竝稱考三君之年昭帝十四順
帝二十五而暐方十一尤不可及然其末年
恪既死母后亂朝評以黷貨干政不能容慕
容垂之勳德遂爲符秦所滅與早歲殊不相

似又非順帝比也
東蜀楊天惠譔彰明縣附子記云綿州故廣漢地領縣八惟彰明出附子彰明領鄉二十惟赤水廉水會昌昌明宜附子總四鄉之地爲田五百二十頃有奇然秔稻之田五菽粟之田三而附子之田止居其二焉合四鄉之產得附子一十六萬斤已上然赤水爲多廉水次之而會昌昌明所出微甚凡上農夫歲以善田代處前期輒空田一再耕之蒔薺麥若巢糜其中比苗稍壯并根葉耨覆土下復耕

如初乃布種每畝用牛十耦用糞五十斛七
寸爲壠五尺爲符終畝爲符二十爲壠千二
百壠從符衡深亦如之又以其餘爲溝爲涂
春陽墳盈丁壯畢出疏整符壠以需風雨風
雨時過輒振拂而駢持之旣又挽草爲援以
御烜日其用工力比他田十倍然其歲獲亦
倍稱或過之凡四鄉度用種千斛以上種出
龍安及龍州齊歸木門青堤小平者良其播
種以冬盡十一月止采擷以秋盡九月止其
莖類野艾而澤其葉類地麻而厚其花紫葉

黃䖝長苞而圓蓋其實之美惡視功之勤窳以故富室之入長美貧者雖接畛或不盡然又有七月采者謂之早水拳縮而小蓋附子之未成者然此物畏惡猥多不能嘗熟或種美而苗不茂或苗秀而實不充或已釀而腐或已暴而攣若有物焉陰爲之故園人將采嘗禱于神或目爲藥妖云其釀法用醯醅安密室掩覆彌月乃發以時暴涼久乃乾定方出釀時其大有如拳者已定輒不盈握故及兩者極難得蓋附子之品有七實本同而末

異其種之化者爲烏頭附烏頭而旁生者爲附子又左右附而偶生者爲鬲子又附而長者爲天雄又附而尖者爲天隹又附而上出者爲側子又附而散生者爲漏籃皆脉絡連貫如子附母而附子以貴故獨專附名自餘不得與焉凡種一而子六七以上則其實皆小種一而子二三則其實稍大種一而子特生則其實特大此其凡也附子之形以蹲坐正節角少爲上有節多鼠乳者次之形不正而傷缺風皺者爲下附子之色以花白爲上

鐵色次之青綠爲下天雄烏頭天隹以豐實過握爲勝而漏籃側子園人以乞棄役夫不足數也大率蜀人餌附子者少惟陝輔閩浙宜之陝輔之賈纔市其下者閩浙之賈纔市其中者其上品則皆士大夫求之蓋貴人金多喜奇故非得大者不厭然土人有知藥者云小者固難用要之半兩已上皆良不必及兩乃可此言近之按本草經及注載附子出犍爲山谷及江左山南嵩高齊魯閒以今考之皆無有誤矣又云春采爲烏頭冬采爲附

子大謬又云附子八角者良其角爲側子愈
大謬與余所聞絕異豈所謂盡信書不如無
書者類邪以上皆楊說古涪志旣刪取其畧
著于篇然又云天雄與附子類同而種殊附
子種近類漏籃天雄種如香附子凡種必取
土爲槽作傾邪之勢下廣而上狹寘種其間
其生也與附子絕不類雖物性使然亦人力
有以使之此又楊說所未及也審如志言則
附子與天雄非一本矣楊說失之本草圖經
與此小異廣雅云奚毒附子也一歲爲萴與側

同子二歲爲烏喙三歲爲附子四歲爲烏頭五歲爲天雄蓋亦不然鬲子天隹漏籃三物本草皆不著張華博物志又云烏頭天雄附子一物春秋冬夏采各異也

左氏傳内蛇與外蛇鬬于鄭南門中内蛇死六年而厲公入漢大始四年趙有蛇從郭外入邑與邑中蛇羣鬬孝文廟下邑中蛇死六年而武帝崩異哉然趙敬肅王彭祖薨于次年亦其應也

玉壺清話云眞宗問近臣唐酒價幾何丁晉公

奏曰每升三十杜甫詩曰速須相就飲一斗
恰有三百青銅錢與昔嘗因是戲考前代酒
價多無傳焉惟昭帝命罷榷酤之時賣酒升
四錢明著于史劉貢父云所以限民不得厚
射利是已典論謂孝靈末百司湎酒酒千文
一斗曹子建樂府歸來宴平樂美酒斗十千
此三國之時也然唐詩人率用此語如李白
金尊酒清斗十千王維新豐美酒斗十千白
樂天共把十千酤一斗又軟美仇家酒十千
方得斗又十千一斗猶賒飲何況官供不著

錢崔輔國與酤一斗酒恰用十千錢郎士元六言絶句十千提攜一斗遠送瀟湘故人皆不與杜詩合或謂詩人之言不皆如詩史之可信然樂天詩最號紀實者豈酒有美惡價不同歟抑何其遼絶耶穆宗朝王仲舒為江西觀察使時穀數斛易斗酒尤可怪楊凝詩湘陰直與地陰連此日相逢憶醉年美酒非如平樂貴十斤不用一千錢嶺表錄異云廣州人多好酒生酒行兩面羅列皆是女人招呼鄙夫先令嘗酒盎上白甆甌謂之甌一甌

三文不持一錢來去嘗酒致醉者當壚嫗但笑弄而已嶺表錄異唐之書也今必不然⿰舌瓦字不見于字書說文云甌瓿謂之瓵瓵盈之切疑是瓵字傳寫之誤或南方俗字自有⿰舌瓦字亦不可知若梁元帝長歌行當壚擅旨酒一巵堪十千謂之堪則非眞十千也

諺謂物多爲無萬數漢書成帝紀語

漢成帝詔言昌陵作治五年客土疏惡終不可成服虔注曰取他處土以增高爲客土乃知客土二字其來甚古唐書方技杜生傳亦有

客土無元氣之語蓋又近世云

唐太宗時米斗十三錢後世以爲美談梁天監四年米斛亦三十錢唐元和六年天下米斗有直二錢者人罕稱道然皆不若漢宣帝元康間嘗穀石五錢矣此古今所無也東魏元象興和中穀斛九錢可以爲次矣

漢世大率錢重前所書昭帝時酒升四錢穀石五錢糶可推已元康神爵之間金城湟中穀斛亦不過八錢惟元帝永光二年歲比不登京師穀石二百餘邊郡四百關東五百時四

方饑饉朝廷以爲憂而其先初元二年齊地饑穀石財三百餘民已多餓死者矣王莽時黃金一斤直錢萬朱提善銀八兩直一千五百八十他銀八兩直一千而已高帝賀呂公紿曰賀錢萬呂公大驚起迎之門顏師古謂以其錢多故特禮之若今世十千何足驚也元帝臨獸圈猛獸驚出馮貴人前當之帝雖嘉美其義僅賜錢五萬惠帝元年民有罪得買爵三十級以免死罪應劭謂一級直錢二千凡爲六萬武帝天漢太始間募死罪入贖

錢五十萬減死一等雖數踰惠帝時八倍然後世正使買之之極亦未當出此令可見當時錢之艱得也至成帝鴻嘉中買爵之賈殺而為千錢矣西都制祿以穀奉錢皆無所考僅可知者丞相大司馬大將軍月六萬御史大夫月四萬光祿大夫月萬二千司隸校尉月數千諫大夫月九千二百秩百石月六百待詔公車月二百四十其薄至此貢禹遷光祿大夫猶謂家日益富後漢之制凡受俸者皆半錢半穀延平中定制中二千石俸錢月

九千不若今世初品官之奉也洪文惠隸釋云漢刻載修廟及表墓人所費有出錢百者熹平四年濟陰太守張寵以二千祠堯碑遂夸而書之貢禹被徵賣田百畝以供車馬以今江浙田賈會之不減二三千緡車馬之費當不至是則當時田賈亦非今比西都外戚之盛萌芽于元帝之時王嘉謂是時貲千萬者尚少他復何言崔烈入錢五百萬得爲司徒五百萬五千緡也以今助邊之數校之但可得校副尉耳併發觀者一笑

漢長安有四尉晉洛陽有六尉隋改縣尉爲縣
正又爲書佐新唐書百官志注云唐武德元
年改書佐曰縣尉尋改曰正畿縣上縣正皆
以四人七年改縣正復曰尉然唐六典載萬
年長安河南洛陽奉先太原晉陽七縣尉各
六人京兆河南太原諸畿縣及諸州上縣尉
各二人而已新舊唐書皆從之新書自與注
文矛盾不能定于一也按李太白作溧陽瀨
水貞義女碑云縣尉廣平宋陟丹陽李濟南
朝陳然清河張昭皆有卿才霸略同事相協

又虞城縣令李公去思頌碑亦云縣尉李向趙濟盧榮等同德比義好謀而成以此二碑推之則上縣不止兩尉明矣本朝雖赤縣無三尉者蓋前代無巡檢今劇縣巡檢至四五人小縣亦一二人尉雖少未害也

熙寧中華山圮雨木冰已而韓魏公薨而王荆公挽詞云木稼曾聞達官怕山頽果見哲人萎西清詩話謂用孔子及唐寧王事寧王事新書無之見于劉耀遠舊史傳中開元二十九年冬京城寒甚凝霜封樹學者以爲春秋

雨木冰即此是亦名樹介言其象介冑也憲見而歎曰此俗所謂樹稼者也諺曰樹稼達官怕必有大臣當之吾其死矣十一月薨按漢天文志亦曰今之長老名木冰爲木介介者甲甲兵象也余謂稼字義不可通特介聲之訛耳劉向曰冰者陰之盛木者少陽貴臣卿大夫象也此人將有害則陰氣脅木木先寒故得雨而冰也達官怕之諺本此顏師古注劉向傳謂今俗呼爲鬧樹齊民要術黍穄篇又謂之諫樹云

故人楊晉翁天柱嘗語予昔爲瀧水令初謁郡時盛暑著德慶林守曾衣紗公服出延客謂遐陬僻壤敢于縱肆其野如此後閱初寮外制集有朝散郎劉繹朝見著紗公服特降一官蓋政和間又汪鄰幾休復嘉祐襍誌云一朝士五月起居衣緋紗公服爲臺司所糾三司使包拯亦衣紗公服閤門使易之且詰有何條例荅云不見舊例只見至尊御此耳始知何代無之然包公未必爾也

唐慎微蜀州晉原人世爲醫深于經方一時知

名元祐間帥李端伯招之居成都嘗著經史
證類備急本草三十二卷以行于世而艾晟
序其書謂慎微不知何許人故爲表出蜀今
爲崇慶府
世俗謂自辨解曰分疏平顏師古注爰盎傳不
以親爲解曰解者若今言分疏又北齊書祖
珽傳高元海奏珽不合作領軍并與廣寧王
交結珽亦見帝令引入珽自分疏則北朝暨
唐已有是言也
英宗于仁宗爲從子宣仁后于光獻爲甥自幼

同鞠禁中會溫成有寵英宗遂還宮邸宣仁亦歸其家洎溫成薨仁宗竟無子一日謂光獻曰吾夫婦老無子舊養十三滔滔各已長立朕爲十三后爲滔滔主婚使相嫁娶十三英宗行第滔滔宣仁小字也時宮中謂天子娶婦皇后嫁女事具邵伯溫聞見錄與昔按漢成帝欲與近臣遊宴張安世玄孫放以公主子且開敏得幸放取皇后弟許嘉女上爲放供張賜甲第充以乘輿服飾亦號爲天子取婦皇后嫁女又唐中宗時蕭至忠以女妻

韋后舅崔從禮子帝主蕭后主崔時謂天子嫁女皇后娶婦此皆非可與聖世同年而語也姑記其語之適同而已

王孝先曾諡文正王子明旦諡文貞避仁廟嫌諱亦稱文正後來稱孝先者多稱其封國以爲別王子明封魏國人罕稱也韓參政億諡忠憲韓魏公諡忠獻字雖不同音則莫辨此四臣者皆名臣也至于趙閱道諡清獻而趙正夫挺之諡清憲則幾于珷玞亂美玉矣

絲竹筦弦漢張禹傳語王右軍蘭亭序取用之

四字實二物耳

今職制令諸縣有緐簡難易監司察令之能否隨宜對換仍不理遺缺按薛宣爲左馮翊頻陽縣北當上郡西河爲數郡湊多盜賊其令平陵薛恭本縣孝者功次稍遷未嘗治民職不辦而粟邑縣小僻在山中民謹樸易治令鉅鹿尹賞久郡用事吏爲樓煩長舉茂材遷在粟宣即以令奏賞與恭換縣二人視事數月而兩縣皆治則漢已著此令矣近世監司未嘗行也

夫子論君子小人之情狀與昔既書之以自警然邵康節先生諸詩尤能推廣聖人之意不暇悉載特取其尤深切著明者一篇以諗觀者處身吟云君子處身寧人負己己無負人小人處事寧己負人無人負己持此詩以觀人君子小人如辨白黑所惡于上毋以使下所惡於下毋以事上所惡於前毋以先後所惡於後毋以從前所惡於右毋以交於左所惡於左毋以交於右此君子絜矩之道小人何足以知之子貢謂我不欲人之加諸我也

吾亦欲無加諸人足矣人之加諸我者安能絶之夫子曰賜也非爾所及也蓋未然其言耳康節又有詩云人如負我我何預我若辜人人有詞孟子亦謂自反而仁矣自反而有禮矣自反而忠矣其横逆由是也則此亦妄人也已矣又何難焉學者當知此意

九江琵琶亭壁間題咏甚多嘉泰初撤而新之俱不復存時族父石埭府君丞德化被郡檄督工獨取成都郭宗丞明復一詩刻之石眞絶唱也其詩云香山居士頭欲白秋風吹作

湓城客眼看世事等虛空雲夢胷中無一物
舉觴獨醉天爲家詩成萬象遭梳爬不管時
人皆欲殺夜深江上聽琵琶賈胡老婦兒女
語淚濕青衫如著雨此公豈作少狂夢與世
浮沈聊爾汝我來後公三百年潯陽至今無
管弦長安不見遺音寂依舊康廬翠掃天夏
文莊嘗有寄題琵琶亭一絶云流光過眼如
車轂薄宦拘人甚馬銜若遇琵琶應大笑何
須泣淚滿青衫近時陳益之待制謙又賦續
琵琶有云青衫夜半何曾著引興參差褋椒

糈亦皆有新意倦遊褋録載史沆嘗題詩亭
上坐上騷人雖有淚江邉寡婦不難欺若使
王涯聞此曲織羅應過賞花時沆早登進士
第坐事遷謫而死平生好持人短長世以凶
人目之故雖古人亦妄肆詆訾云
近歲金　爲　所攻自燕犇汴有南遷録一
編盛行于時其實僞也卷首題通直郎秘書
省著作郎騎都尉賜緋張師顔編虜之官制
具于士民須知獨無通直一階其僞一也虜
之世宗以孫原王璟爲儲嗣父曰允恭璟立

追尊允恭爲顯宗錄乃謂璟爲允植之子其僞二也　之君臣皆以小字行然各自有名粘罕名宗維兀朮名宗弼錄乃稱忠獻王罕忠烈王朮其僞三也虜事中國不能詳然灼知其僞者已如此而士大夫多信之

賓退錄卷第三

賓退錄卷第四

大梁趙與旹

班孟堅作揚雄傳獨載所爲文歷官行事顧列于贊中他傳皆不然韓退之作劉統軍碑惟書門人故吏之言而世系事實悉具于銘詞正用此體近世惟胡忠簡作趙龍學子潚墓銘亦然特書世系葬日而已

龔遂自渤海徵至京師議曹王生從遂將入宮王生從後呼止遂曰天子即問君何以治渤海君不可有所陳對宜曰皆聖主之德非小

臣之力也遂至前立果問以治狀遂對如王
生言天子說其有讓笑曰君安得長者之言
而稱之遂因前曰臣非知此乃臣議曹教戒
臣也王生必素知遂不能爲此言然後教之
宣帝必素知遂非長者然後疑之然遂始能
受王生之言而又終以實對是亦長者也已
西漢兩萬石君石奮及四子俱二千石景帝號
奮曰萬石君馮楊宣帝時爲弘農太守有八
子皆二千石趙魏間榮之亦號曰萬石君又
嚴延年兄弟五人俱二千石東海號其母曰

萬石嚴嫗東漢有萬石秦氏唐有萬石張氏

慶歷間廣西戮歐希範及其黨凡二日剖五十有六腹宜州推官吳簡皆詳視之爲圖以傳于世王莽誅翟義之黨使太醫尚方與巧屠共刳剝之量度五藏以竹筳導其脉知所終始云可以治病然其說今不傳

廣陵所刻夢溪筆談第十八卷積甖之術注中又倍下長得十六當作二十四併入上長得四十六當作二十六士夫知算術者故莫辨其數漫記之

宋明帝名彧而其子後廢帝名昱元魏獻文名弘而其子孝文名宏皆聲絕相近似當避也周厲王名胡其七世孫僖王名胡齊尤可怪周人以諱事神而猶有此何歟

容齋續筆云白樂天詩鞍馬呼教住骰盤喝遣輸長驅波卷白連擲采成盧注云骰盤卷白波莫走鞍馬皆當時酒令予按皇甫松所著醉鄉日月三卷載骰子令云聚十隻骰子齊擲自出手六人依采飲焉堂印本采人勸合席碧油勸擲外三人骰子聚于一處謂之酒

星依采聚散骰子令中改易不過三章次改鞍馬令不過一章又有旗旛令閃擘令拋打令令人不復曉其法矣惟優伶家猶用手打令以爲戲云以上皆洪説余謂酒令葢始于投壺之禮雖其制皆不同而勝飲不勝者則一後漢賈逵亦嘗作酒令唐世最盛樂天詩如籌插紅螺椀觥飛白玉巵打嫌調笑易飲訝卷波遲碧籌攢米椀紅袖拂骰盤之句不一不特如洪所云也本朝歐陽文忠公作九射格獨不別勝負飲酒者皆出于適然其説

云九射之格其物九爲一大侯而寓以八侯熊當中虎居上鹿居下鵰雉猿居右鴈兔魚居左而物各有籌射中其物則視籌所在而飲之射者所以爲羣居之樂也而古之君子以爭九射之格以爲酒禍起于爭爭而爲歡不若不爭而樂也故無勝負無賞罰中者不爲功則無好勝之矜不中者無所罰則無不能之誚探籌而飲飲非觥也無所恥故射而自中者有不得免飲而屢及者亦不得辭所以息爭也終日爲樂而不恥不爭君子之樂

也探籌之法一物必爲三籌蓋射賓之數多少不常故多爲之籌以備也凡令賓主之數九人則人探其一八人則置其能籌不及八人而又少則人探其一而置其餘籌可也盖之以籌而人探其一或二皆可也惟主人臨時之約然皆置其能籌中則在席皆飲若一物而再中則視執籌者量飲之多少而飲器之大小亦惟主人之命若兩籌而一物者亦然凡射者一周既飲釂則斂籌而復探之籌新而屢變矣中而無情或適當或幸而免此

所以歡然爲樂而不厭也歐文忠醉翁亭記云射者中奕者勝觥籌交錯恐或謂此古靈陳述古亦嘗作酒令每用紙帖子其一書司舉其二書秘閣其三書隱君子其餘書士令在座默探之得司舉則司貢舉得秘閣則助司舉搜尋隱君子進于朝搜不得則司舉并秘閣自受罰酒後復增置新格聘使館主各一員若搜出隱君子則此二人伴飲二人直候隱君子出即時自陳不待尋問隱君子未出之前即不得先言違此二條各倍罰酒注

云聘使蓋賞其能聘賢之義館主兼取其館伴之義唐有昭文館學士時人號爲館主又云秘閣雖同搜訪隱君子或司舉不用其言亦不得爭權或偶失之即不得以司舉不用己言而辭同罰也然則倍罰司舉秘閣旣探得即各明言之不待人發問如違先罰一觴司舉秘閣止得三搜客滿二十人則五搜餘人探得帖子並默然若妄宣傳罰巨觴別行令古靈集載潘家山同章衡飲次行令探得隱君子爲章衡搜出賦詩云吾聞隱君子大

隱壓市閙道義充諸中測度非在顏堯舜神
且智知人亦孔艱勉哉二秘閣賢行如高山
近歲廬陵李寶之如圭作漢法酒云漢法酒
立官十曰丞相曰御史大夫曰列卿曰京兆
尹曰丞相司直曰司隸校尉曰侍中曰中書
令曰酒泉太守曰協律都尉拜司隸校尉者
持節職舉劾劾及中書令酒泉太守者令太
守以佞倖湎淫即得罪劾及侍中則司隸去
節劾及京兆尹則上愛其才事留中不下皆
別舉劾劾丞相司直則司直亦劾之劾列卿

則列卿自訟廷辯之罪其不直者其劾丞相
御史大夫者亦聽須先謁而後劾丞相御史
亦得罪丞相得罪則中書令酒泉太守皆望
風自劾御史得罪則惟酒泉太守自劾司隸
以不畏强禦後若有罪以贖論若汎劾而及
丞相御史者罪司隸劾及京兆尹者事雖留
中酒泉太守亦自劾劾及中書令者侍中自
劾諸劾自劾得罪者皆降平原督郵協律都
尉歌以餞之劾及協律者下之蠶室弦歌詩
爲新聲而求華又書其後云右酒令也戲用

漢制爲之集者止九人則缺京兆尹八人則缺侍中七人則御史大夫行丞相事六人則缺司直當飲者皆即飲之或未舉飲者亦可計集者之數以爲除官之數每當飲者予一算除官既周視其算以爲飲齊三算者即飲之二算者與其算等者決之一算則留以須後律令載所不及者比附從事云令館閣有小酒令一卷慶歷中錦江趙景撰飲戲助歡三卷元豐中安陽竇諷撰酒令在焉玉籤詩一卷皇朝知黔南縣黃鑄撰以詩百首爲籤

使採得者隨文勸酒鑄字德器郴州人釣鼇
圖一卷不知作者刻木爲鼇魚之屬沈水中
釣之以行勸罰凡四十韻各有一詩又有采
珠局亦此類序稱撰人爲王公不知其名凡
三十餘類亦各有一詩又有捉卧甕人格皇
朝李廷中撰以畢卓嵇康劉伶阮孚山簡阮
籍儀狄顏回屈原陶濳孔融陶侃張翰李白
白樂天爲目蓋與陳李之格大同小異特各
更其名耳投壺經上官儀嘗奉敕刪定史玄
道續注蓋取周顒郝同梁簡文數家之書爲

之司馬文正公更以新格舊書爲之盡廢晁
子止侍郎公武郡齋讀書志又有木射圖一
卷云唐陸秉撰爲十五筍以代侯鵠地毬以
觸之筍飾以朱墨字以貴賤之朱者仁義禮
智信溫良恭儉讓墨者慢傲佞貪濫仁者勝
濫者負而行賞罰焉疑亦此具也梁王魏帝
金谷蘭亭又皆于遊燕之際以賦詩作賦不
成者罰酒高續古似孫緯略已詳此不重出
秦會之當國決意講和虜俄背盟秦不知所措
張巨山嵲時爲司勳郎爲代作自解之奏略

曰伊尹告成湯德無常師主善爲師臣前賛

議和今請伐虜是皆主善爲師如其不濟則

陳力就列不能者止當遵孔聖之訓秦大喜

擢巨山爲右史而不知所引皆誤也時秘書

省寓法慧寺或大書于門云周任爲孔聖太

甲作成湯秦大怒疑出于館職相繼斥去然

史記載伊尹作咸有一德于成湯之時則司

馬子長已誤矣蔡邕引致遠恐泥新唐書傳

引以能問于不能皆以爲孔子之言亦非

漢杜延年爲御史大夫居父官府不敢當舊位

坐卧皆易其處元魏任城王澄之子順除吏部尚書兼右僕射上省登階向榻見榻甚故問都令史荅曰此榻曾經先王坐順即哽塞涕泗交流久而不能言遂令換之唐薛元超爲中書舍人省中有盤石其祖道衡爲隋内史侍郎時嘗據以草制元超每見輒泫然流涕裴諝五世爲河南諝視事未嘗敢當正處居世官者當如此矣

晉瑯琊王澄有高名少所推服每聞衛玠言輒歎息絶倒時人語曰衛玠談道平子絶倒今

流俗謂大笑爲絶倒非也

先鑑堂朝野遺事云王文正公曾相眞宗呂許公夷簡爲參知政事仁宗朝呂爲首相王再入議論多不合王求去甚力一日上留許公問所以處王公者呂皇恐不敢當上再三問之曰王某先朝舊臣當得使相或洛或許惟聖裁再問其次曰無已則大資政或青或鄆上首肎呂甚喜出省與宋宣獻綬分路忘相揖晚報鎖學士院諸子問皆不荅夜深獨語晦叔曰次輔均勞矣明日盛服入朝則兩麻

也呂判許州王知鄆州仁宗聖斷如此又孔毅父平仲談苑云張鄧公呂許公同作宰相一日退朝仁宗獨留呂公問曰張士遜久在政府欲與一差遣出去呂公曰士遜出入兩朝亦頗宣力仁宗曰恩命如何呂公曰與除靜江軍節度使檢校太傅知許州仁宗曰不虧他否呂公曰聖恩優厚呂公既退張呂姻親也私焉曰主上獨留公必是士遜別有差遣因祈以恩命呂沈吟久之曰使彌使彌張亦欣然慰望是日張公打屏閤子內物色過

半矣既夕鎖院明日早張公令院子盡般閤子内物色歸家更不趨待漏院只就審官東院待漏既入朝張公惟祗候宣麻呂公惟準擬押麻耳忽有堂吏報呂公云相公知許州呂公大驚于是張公押麻乃呂公除靜江軍節度使檢校太傅知許州也 與旹 按呂夷簡張士遜同相在天聖明道間章獻后上仙仁宗始親政與夷簡謀以樞密使張耆副使夏竦范雍趙稹參知政事陳堯佐晏殊皆章獻所任用悉罷之退告郭皇后后曰夷簡獨不

附太后耶但多機巧善應變耳由是竝罷夷簡爲武勝軍節度使同平章事判陳州及宣制夷簡大駭不知其故素厚内侍閻文應使爲中詗久之乃知事由皇后其後再相賛成廢后之議寔原于此談苑所載皆不合且節度使檢校太傅而不加辨章亦非使弼文德殿宣布惟參政一員押麻餘宰執皆不往宰相亦不當押麻其書疑近世不知典故者所爲必非孔氏眞本至景祐四年四月夷簡自昭文相罷爲檢校太師同平章事鎮安軍節

度使判許州王曾自集賢相罷爲尚書左僕射資政殿大學士判鄆州當以遺事爲正初命曾知青州既入謝求改鄆州又僕射典州不當云知遂貼麻改命綬時參知政事亦同罷云茀曾初拜相夷簡執政皆在乾興元年七月時仁宗已踐祚眞宗末年曾參知政事夷簡知開封府而已遺事謂曾相眞宗夷簡參知政事亦誤也

沈存中筆談云頴昌陽翟縣有一杜生者不知其名邑人但謂之杜五郎所居去縣三十餘

里惟有屋兩閒其一閒自居一閒其子居之室之前有空地丈餘即是籬門杜生不出籬門凡三十年矣黎陽尉孫軫曾往訪之見其人頗蕭洒自言鄙民無所能何爲見訪孫問其不出門之故笑曰以告者過也指門外一桑曰十五年前亦曾到此桑下納凉何謂不出門也但無用于時無求于人偶自不出耳何足尚哉問其所以爲生曰昔時居邑之南有田五十畝與兄同耕後兄之子娶婦度所耕不足以贍乃以田與兄攜妻子至此偶有

鄉人借此屋遂居之惟與人擇日又賣一藥
以具饘粥亦有時不繼後子能耕鄉人見憐
與田三十畝令子耕之尚有餘力又為人傭
耕自此食足鄉人貧以醫自給者甚多不當
更兼其利自爾擇日賣藥一切不為又問常
日何所為曰端坐耳無可為也問頗觀書否
曰二十年前亦曾觀書問觀何書曰曾有人
惠一書冊無題號其閒多說淨名經亦不知
淨名經何書也當時極愛其議論今亦忘之
并書亦不知所在久矣氣韻閑曠言詞精簡

有道之士也盛寒但布袍草履室中枵然一榻而已問其子何如曰邨童也然質性甚淳厚未嘗妄言未嘗嬉遊惟買鹽酪則一至邑中可數其行跡以待其歸徑往徑還未嘗旁遊一步也蔡絛鐵圍山叢談云靖康末有避亂于順昌山中者深入得茅舍主人風裁甚整即之語士君子也怪而問曰諸君何事挈孥而至是邪因語之故主人曰亂何自而起乎衆爭爲言主人嗟惻久之曰我父乃仁宗朝人也自嘉祐末卜居于此因不復出以我

所聞但知有熙寧紀年亦不知于今幾何年
矣洪文敏夷堅已志云陳元忠少魏漳州龍
溪人客居南海嘗赴省試過南安會日莫趨
城尚遠投宿野人家茅茨數椽竹樹茂密可
愛主人雖麻衫草履而舉止談對宛若士人
几案間有文籍散亂視之皆經子也陳叩之
曰翁訓子讀書乎曰種園爲生耳亦入城市
乎曰十五年不出矣問藏書何用曰偶有之
因襍以他語少焉暴風雨作其二子荷蓑負
鋤歸大兒可十八九小兒十四五倚鋤前揖

人物可觀絕不類農家子翁進豆羹享客不復共談遲明陳別去至城以事留一日偶適市見翁倉黃而行陳追詰之曰翁云十五年不入城何爲到此曰吾以急事不容不出問其故不肎言固問之乃大兒于關外鬻果失稅爲關吏所拘陳爲謁監征至則已捕送郡翁與小兒偕謁庭下長子當杖翁懇白郡守曰某老鈍無能全藉其力贍給若渠不勝杖則異日乏食矣願以身代其小兒曰大人豈可受杖某願代兄又以罪在已甘心焉三人

人爭不決小兒來父耳旁語若將有所請翁
叱之兒必欲前郡守頗疑之呼問所以對曰
大人元係帶職正郎宣和間累典州郡翁急
拽其衣使退曰兒狂妄言守詢詰赦在否兒
曰見作一束寘瓮中埋于山下守立遣吏隨
兒發取果得之即延翁上坐謝而釋其子次
日枉駕訪之室已虛矣三事略相似世之慕
紛華汩利祿事表襮者聞其風泚其顙矣杜
生眞有道之士南安翁棄官而晦其迹亦人
所難能順昌山中主人避世者耳南安翁大

兒不能保身幾禍其父其亦有愧于杜生之子矣

顏之推家訓云昔侯霸之子孫稱其祖父曰家公陳思王稱其父曰家父母曰家母潘尼稱其祖曰家祖古人之所行今人之所笑也今南北風俗言其祖及二親無云家者田里猥人方有此言之推北齊人逮今幾七百年稱家祖者復紛紛皆是名家望族亦所不免家父之稱俗輩亦多有之但家公家母之名少耳山簡謂年幾三十不爲家公所知蓋指其

父非祖也

吳曾能改齋漫錄云仁宗嘗御便殿有二近侍爭辨聲聞御前仁宗召問之曰甲言貴賤在命乙言貴賤由至尊帝默然即以二小金合各書數字藏于中曰先到者保奏給事有勞推恩封秘甚嚴先命乙攜一往內東門司約及半道命甲攜一繼往無何內東門司保奏甲推恩仁宗怪問之乃是乙至半道足跌傷甚莫能行甲遂先到 與沓 按唐張鷟朝野僉載魏徵為僕射有二典事之長參時徵方寢

二人窗下平章一人曰吾等官職總由此老翁一人曰總由天上徹聞之遂作一書遺由此老翁者送至侍郎處云與此人一員好官其人不知出門心痛憑由天者送書明日引注由老翁者被放由天上者得留徹怪而問焉其以實對乃歎曰官職祿料由天者蓋不虛也二事蓋只一事曾傳聞之誤耳聖君賢相一顰一笑猶當愛之豈肎激于一夫之言而輕用慶賞鄭公之事已不足信而我仁宗皇帝豈爲是哉

開禧丙寅眘州重脩圖經號江鄉志末卷禨記
門云佛日大師宗杲每住名山七月遇蘇文
忠忌日必集其徒脩供以薦嘗謂張子韶侍
郎曰老僧東坡後身張曰師筆端有大辯才
非老先生而何鄉僧可昇在徑山爲侍者親
聞此語今按杲年譜葢生于元祐四年己巳
而東坡卒于建中靖國元年辛巳此時杲已
十三歲矣杲平生尊敬東坡忌日脩供或有
之必無後身之說可昇之妄也
封國公者先小國次次國後大國已至大國者

許于本等内改封國朝之制也洪忠宣以子
貴追封鄱徙封衛乾道三年十二月改封魏
矣至七年四月又再封魏其誥前銜稱贈太
師追封魏國公又後云可特追封魏國公餘
如故范文穆行詞略云魏大名也其命維新
或謂既不改封他國何必命詞給告他人未
見有重複如此者然余讀許崧老翰外制有
大禮封贈曾祖追封楊楚國公贈太師者逸
其姓名注云元贈太師追封楊楚令再封制
略曰封兼楊楚位極公師雖寵數不可以復

加而中命用昭其無斁則知已有前比矣

後漢陳寵傳云十三月陽氣已至天地已交萬物皆出蟄蟲始振人以爲正夏以爲春又隋書牛弘傳云今十一月不以黄鍾爲宫十三月不以太簇爲宫便是春木不王夏土不相則知正月亦可稱十三月魯氏自備但記陳寵一事云

今世男子初入學多用五歲或七歲蓋俗有男忌雙女忌隻之説以至笄冠亦然按北齊書李渾弟繪傳繪年六歲便自願入學家人以

偶年俗忌約而弗許伺其伯姊筆牘之閒而輒竊用未幾遂通急就章内外異之則其來久矣

陶穀五代亂紀載黄巢遁免後祝髮爲浮屠有詩云三十年前草上飛鐵衣著盡著僧衣天津橋上無人問獨倚危欄看落暉近世王仲言亦信之筆于揮麈錄殊不知此乃以元微之智度師詩竄易磔裂合二爲一元集可攷也其一云四十年前馬上飛功名藏盡擁僧衣石榴園下擒生處獨自閒行獨自歸其二

云三陷思明三突圍鐵衣拋盡納禪衣天津橋上無人識閒凭欄杆望落暉

齊己折楊栁詞穠低似中陶潛酒軟極如傷宋玉風以中酒之中爲去聲于義爲長徐邈中聖人三國志旣無音未可懸斷爲平聲也

毋持布鼓過雷門漢王尊語師古注謂雷門會稽城門也有大鼓越軗此鼓聲聞洛陽故尊引之也布鼓謂以布爲鼓故無聲曾文清詩敗鼓無聲强自撾不堪持過阿香家似用王語點化而誤以雷門爲雷霆之雷洪文敏續

筆謂城門名用一字者爲雅馴歷舉左氏公
羊諸書所載亦獨遺此
鮑明遠行路難首云奉君金卮之美酒瑇瑁玉
匣之瑤琴七綵芙蓉之羽帳九華蒲萄之錦
衾黄魯直送王郎酌君以蒲城桑落之酒泛
君以湘纍秋菊之英贈君以黟川點漆之墨
送君以陽關墮淚之聲正用其體
漢儋耳郡本朱厓之地唐爲儋州本朝爲昌化
軍中國極南之地也山海經儋耳之國在大
荒北任姓禺號子食穀北海之諸中郭景純

注云其人耳大下儋垂在肩上朱厓儋耳鏤畫其耳亦以放之也呂氏春秋審分覽任數篇亦曰東至開梧南撫多顥西服壽靡北懷儋耳高誘注云北極之國又恃君覽云鴈門之北鷹隼所鷙須窺之國饕餮窮奇之地叔逆之所儋耳之居多無君注云北方狄無君者也則是極北別有一儋耳朱厓之名蓋晚出云

古今論天體者言人人殊然天主動地主靜未有謂地動者也惟考靈曜曰地有四遊冬至

地上北而西三萬里夏至地下南而東三萬
里春秋二分其中矣地恒動不止譬如人在
舟而坐舟行而人不覺其說獨異
陸放翁入蜀記載其入沲後見舟人焚香祈神
云告紅頭須小使頭長年三老莫令錯呼錯
喚問何謂長年三老云梢公是也長讀如長
幼之長乃知老杜長年三老長歌裏白晝攤
錢高浪中之語蓋如此因問何謂攤錢云博
也按梁冀能意錢之戲注云即擲錢也則攤
錢之爲博亦信矣予以世人讀詩者多以長

字爲平聲故載陸語

賓退錄卷第四

賓退錄卷第五

大梁趙與旹

列仙傳琴高趙人也以鼓琴爲宋康王舍人行涓彭之術浮游冀州涿郡間二百餘年後辭入涿水中取龍子弟子潔齋候于水旁且設祠屋果乘赤鯉出祠中留一月餘復入水去今寧國涇縣東北二十里有琴溪溪之側有石臺高一丈曰琴高臺相傳琴高隱所有廟存焉溪中别有一種小魚他處所無俗謂琴高投藥滓所化號琴高魚歲三月數十萬一

日來集漁者綱取漬以鹽而曝之州縣須索
無藝以爲苞苴土宜其來久矣舊亦入貢乾
道間始罷前輩多形之賦咏梅聖俞王禹玉
歐陽文忠公皆有和梅公儀摯琴高魚詩聖
俞詩云大魚人騎上天去留得小鱗來按觴
吾物吾鄉不須念大官常膳有肥羊禹玉詩
云三月江南花亂開清溪曲曲水如苔琴高
一去無蹤跡枉是漁人尚見清文忠詩云琴
高一去不復見神仙雖有亦何爲溪鱗佳味
自可愛何必虛名務好奇聖俞又有宣州䕅

詩二十首其一云古有琴高者騎魚上碧天小鱗隨水至三月滿江邊少婦自撈漉遠人無棄捐憑書不道薄賣取青銅錢聖俞宣人也汪彥章嘗賦長篇百川萃南州水族何磊磊其間琴高魚初來列楚些豈堪陪羹鮮裁用當殺果土人私自珍千里事封裹遂令四方傳噍嚼亦云頗俗云琴高生控鯉宛溪左靈蹤散如煙遺孋尚餘顆向來騎鯨人逸駕嘗慕我不應當時遊反用此幺麼得非放齊諧怪者記之過彭越小如錢蹤迹由漢禍越

書載王餘變化更微瑣同知天地閒人莫窮
物夥區區于其中臆決蓋不可僞眞我何知
且用慰頤朶故山谷送舅氏野夫之宣城詩
有云籍甚宣城郡風流數貢毛霜林收鴨脚
春網薦琴高蜀人任淵注此詩不知宣城土
地所宜但引列仙傳事直云琴高鯉魚也誤
矣公儀詩恨未見汪詩不載集中

吳虎臣曾漫錄云䕫州下俚有俗字如以{{穩/矮}}爲
矮餈爲齋訟牒文案亦然范文穆桂海虞衡
志云邊遠俗陋牒訴券約專用土俗書桂林

諸邑皆然今姑記臨桂數字雖甚鄙野而偏旁亦有依附𡮢音矮不長也⿵門坐音穩坐于門中穩也⿱大坐亦音穩大坐亦穩也仦音嫋小兒也奀音勒人瘦弱也歪音終人亡絕也𡘙音臘不能舉足也⿰女大音大大女及姊也⿱山石音磡山石之岩窟也閂音櫄門橫關也他不能悉記嶺外代荅于此外又記五字氽音酋言人在水上也氼音魅言没入水下也閄和馘切言隱身忽出以驚人之聲也⿰毛巴音鬍䫨言多鬚也丼東敢切以石擊水之聲也余按魏書江

式傳延昌三年上表論字體不正略曰皇魏承百王之季紹五運之緒世易風移文字改變篆形謬錯隸體失眞俗學鄙習復加虛巧談辨之士又以意說炫惑于時難以釐改乃曰追來爲歸巧言爲辨小兒爲覶神蟲爲蚕如斯甚衆又顏氏家訓載北朝喪亂之餘書迹鄙陋加以專輒造字乃以百念爲憂言反爲變不用爲罷追來爲歸更生爲蘇先人爲老如此非一徧滿經傳乃知俗字何代無之車同軌書同文豈易能哉與昔 昔年侍先人

官韻之石城俗字如此者尤多今不能記憶唐君臣正論載武后改易新字如以山水土爲地千千万万爲年永主久王爲證長正主爲聖一忠爲臣一生爲人一人大吉爲君然嘗考之但有埊𠦚𢘑𠀑四字合證作鏊聖作𤯔君作凰皆與正論所言不同今大理國文書至廣右者猶書國作圀亦后所改又吳主孫休名字四子嘗創𩅦音灣莔音迄𩃭音能𪏰音賛𩲗音莽昷音舉𥸭音褒𡕇音擁八字南漢劉岩自製龑音儼字爲名蓋取飛龍在天之意云

論語子張問崇德辨惑子曰主忠信徙義崇德也愛之欲其生惡之欲其死既欲其生又欲其死是惑也誠不以富亦秖以異古注曰此詩小雅也秖適也言此行誠不足以致富適足以爲異耳取此詩之異義以非之正義曰取此詩之異義以非人之惑也范氏謂人之成德不以富亦秖以行異于野人而已侯氏謂若其誠不富秖以取異耳伊川謂此錯簡當在第十六篇齊景公有馬千駟之上因此下文亦有齊景公字而誤也楊文靖尹和靖

朱文公皆從之南軒謂言其誠寔之不富祇以自取異云耳與昔按我行其野之詩誠作成取義與此不類不當遷就以求合此孟子所謂說詩者不以文害辭不以辭害志者也嘗聞平菴趙先生云此詩因子張之問而荅之學者之學聖人蓋不止此富者道盛德至善之謂常人不能主忠信不能從義愛之者未免欲其生惡之者未免欲其死若能反之誠未可謂之至善但亦足以異于常人而已此說最明白

唐張鷟自號浮休子張芸叟蓋襲其名
南唐保大中賜道士譚紫霄號金門羽客事見
廬山記宋祐陵賜林靈素號用此故事
彭器資洪忠宣皆號鄱陽集王岐公張彦正皆
號華陽集楊文公胡文定皆號武夷集魏仲
先李漢老皆號草堂集謝無逸俞退翁傅子
駿皆曰溪堂蘇子美張會川張巖皆曰滄浪
李師中石守道皆曰徂徠晏元獻王荆公皆
曰臨川它如錢文僖有伊川集邵康節有伊
川擊壤集而程子又號伊川朱文公編二程

文題河南程氏文集而尹師魯先有河南集
又呂居仁舍人詩曰東萊先生詩集而從孫
太史成公學者亦尊之曰東萊先生其著述
尤多凡此數者驟見其名未免疑混要皆不
若漢魏以來諸文人但標姓名曰某人某人
集之爲明白洞達也

漢書揚雄傳云劉棻嘗從雄學作奇字韓文公
題張十六所居詩云端來問奇字爲我講聲
形然傳但云學作奇字不言問奇字後來相
承而用蓋又以韓詩爲本傳又云家素貧嗜

酒人希至其門時有好事者載酒肴從遊學
與前學作奇字凡隔數十字了不相涉而近
世文人多云載酒問字載酒問奇字之類不
知何所本也藝文志云蕭何草律太史試學
童能諷書九千字以上乃得爲史又以六體
試之課最者以爲尚書御史史書令史六體
者古文奇字篆書隸書繆篆蟲書師古曰古
文謂孔子壁中書奇字則古文而異者也許
叔重說文解字云亡新居攝使大司空甄豐
等校文書之部時有六書一曰古文孔子壁

中書也二曰奇字即古文而異者也與顔注合其後晉衛巨山四體書勢元魏江式論書表皆同然則奇字者與科斗文字略相似而異于小篆六書之一體耳今人才見書籍中難字便謂之奇字非也容齋三筆摘周禮中字如擊磬飌鱻之類凡數十爲一則題曰周禮奇字且云前賢以爲此書出于劉歆歆嘗從揚子雲學作奇字故用以入經蓋亦失于詳考學作奇字者歆之子棻亦非歆也

王荆公一日訪蔣山元禪師坐間談論品藻古

今元曰祖公口氣逼人恐著述搜索勞役心氣不正何不坐禪體此大事又一日謂元曰坐禪實不虧人余數年欲作胡笳十八拍不成夜坐間已就元大笑事見宗門武庫

元魏青州刺史公孫邃卒官高祖在鄴宮爲之舉哀青州佐吏疑爲所服詔主簿近代相承服斬過葬便除可如故事自餘無服大成寥落可準諸境内之民爲齊衰三月則知境内之民舊爲刺史制服矣近世所無也然河中蒲坂人石文德自祖父苗以來凡刺史守令

卒官者皆制服送之朝廷遂標榜門閭史官
復列之節義傳夸而書之審如遂傳所言則
文德之事不足爲異矣此又何邪
啓顔錄載元魏太府少卿孫紹對靈太后臣年
雖老臣卿乃少于是拜正卿按魏書亦書此
事然紹自太府少卿遷右將軍大中大夫非
正卿也孝莊建義初復除衛尉少卿將軍如
故永安中方拜少府卿
權利所在小人之所必爭故雖父子之親有不
恤也晉會稽王道子得政之久末年有疾加

以昏醉其子元顯知朝望去之謀奪其權諷
天子解道子揚州刺史及司徒而道子不之
覺元顯遂自爲揚州刺史旣而道子酒醒方
知去職于是大怒而無如之何其後又加元
顯錄尚書事先是謝安薨後道子已錄尚書
至是更爲長夜之飲政無大小一委元顯時
謂道子爲東錄元顯爲西錄西府車騎填湊
東第門下可設雀羅矣蔡京蔡攸父子俱貴
權勢自相軋輕薄者互煽揺以立門戶由是
父子遂爲仇敵攸別賜第嘗詣京京方與客

語使避之而呼攸入甫就席遂起握父手爲切脉狀曰大人脉勢舒緩體中得無有疾乎京曰無之攸曰禁中適有公事不得留遂去客竊窺得其事以問京京曰君不解此此輩欲以吾疾罷我也居數日京果致仕又以季弟絛鍾愛于京數白徽宗請殺之徽宗曰太師老矣不許但削絛官而已此四臣者卒皆貽家國之禍善乎康節先生之言曰人之所謂親莫如父子也人之所謂疏莫如路人也利害在心則父子過路人遠矣父子之道天

性也利害猶或奪之況非天性者乎夫利害之移人如是之深也可不慎乎路人之相逢則過之固無相害之心焉無利害在前故也有利害在前則路人與父子又奚擇焉路人之能相交以義又何況父子之親乎夫義者讓之本也利者爭之端也讓則有仁爭則有害仁與害何相去之遠也堯舜亦人也桀紂亦人也人與人同而仁與害異耳仁因義而起害因利而生利不以義則臣弑其君者有焉子弑其父者有焉豈若路人之相逢一目

而文袂于中逵者哉

歐陽文忠公著五代史記梁太祖本紀初稱溫賜名後稱全忠封王後稱王至即位始稱皇帝徐無黨注曰始而稱名旣而稱爵旣而稱帝漸也爵至王而後稱著其逼逵者末帝而下訖于漢周諸帝紀皆然而新唐書本紀高祖之生即稱高祖太宗方四歲已書太宗二書出一手而書法不同如此未詳其旨宜黃李子經郛作緯文瑣語亦云唐五代史書皆公手所修然義例絕有不同者一人之作不應

相去如此之遠議者謂唐書葢不盡出公意
前車之覆後車之戒也元魏道武以服寒食散
發動喜怒乖常遂來弑逆其子明元可以已
矣而又服此藥不堪萬機旋致夭折唐穆宗
因擊毬暴得疾浸淫以至于崩其子敬宗亦
可以已矣而聽政未踰月已連日為此戲自
此馳逐不已宦者怨懼不三年而身罹不測
之禍所謂下愚不移者歟
俗說愚人以八百錢買匹絹持以染緋工費凡
千二百而僅有錢四百于是併舉此絹足其

數以償染工艾子云人有徒行將自呂梁託
舟趨彭門者持五十錢造舟師師曰凡無賚
而獨載者人百錢汝尚少半吾不汝載也人
曰姑收其半當爲挽縴至彭門以折其半又
夷堅戊志載汪仲嘉大猷自言其族人之僕
出幹抵莫趦趄呻吟而來問何爲曰恰在市
橋上有保正引繩縛二十人過亦執我入其
中我號呼不伏則以錢五千置我肩上曰以
是倩汝替我喫縣棒我度不可免又念經年
傭直不曾頓得五千錢不可失此遂勉從之

到鄞縣與同縛者皆決杖乃得脱汪曰所得錢何在曰以謝公吏及杖直之屬僅能給用向使無此將更受楚毒豈能便出哉汪笑曰憨畜產可謂癡人僕猶慍曰官人是何言同行二十人豈皆癡邪竟不悟前二事蓋寓言以資笑謔而後一事乃真有之

吳虎臣辨唐異聞集所載開元中道者呂翁經邯鄲道上邸舍中以囊中枕借盧生睡事謂此呂翁非洞賓也蓋洞賓自序以爲呂渭之孫渭仕德宗朝今云開元中則呂翁非洞賓

無可疑者而或者又以爲開元恐是開成字
亦非也開成雖文宗時然洞賓此時未可稱
翁本朝國史稱關中逸人呂洞賓年百餘歲
而狀貌如嬰兒世傳有劍術時至陳摶室若
以國史證之止云百餘歲則非開元又明矣
雅言系述有呂洞賓傳云關右人咸通中舉
進士不第值巢賊爲梗攜家隱居終南學老
子法以此知洞賓乃唐末人此皆吳說蕭東
夫呂公洞詩云復此經過三十年惟應岩石
故依然城南老樹朽爲土簷外稚松青拂天

枕上功名祗擾擾指端變化只玄玄刀圭乞與起衰病稽首秋空一劒仙第五句誤用呂翁事又唐逸史虞鄉永樂兩縣連接有呂生者居二邑間爲童兒時畏聞食氣惟食黄精日覺輕健耐風寒見文字友人語卒不忘母及諸妹每勸其食不從後以猪脂置酒中强使飲生方固拒已噓吸其氣忽一黄金人長二寸許自口出即仆臥困憊移時方起先是生年近六十鬚髮如漆至是皓首恨惋垂泣再拜別母去之茅山不知所終此又一人也

何神仙多呂氏乎

俗謂婚姻之家曰親家唐人已有此語見蕭嵩傳又有以親字爲去聲若亦有所據盧綸作王駙馬花燭詩有人主人臣是親家之句

山海經洞庭之山帝之二女居之郭氏注云天帝之二女而處江爲神即列仙傳江妃二女也離騷九歌所謂湘夫人稱帝子者是也而河圖玉版曰湘夫人者帝堯女也秦始皇浮江至湘山逢大風而問博士湘君何神博士曰聞之堯二女舜妃也死而葬此列女傳曰

二女死于江湘之間俗謂爲湘君鄭司農亦
以舜妃爲湘君說者皆以舜陟方而死二妃
從之俱溺死于湘江遂號爲湘夫人按九歌
湘君湘夫人自是二神江湘之有夫人猶河
洛之有虙妃也此之爲靈與天地竝矣安得
謂之堯女且既謂之堯女安得復總云湘君
哉何以考之禮記曰舜葬蒼梧二妃不從明
二妃生不從征死不從葬義可知矣即令從
之二女靈達鑒通無方尚能以鳥工龍裳救
井廩之難豈當不能自免于風波而有雙淪

之患乎假復如此傳曰生爲上公死爲貴人禮五嶽比三公四瀆比諸侯今湘川不及四瀆無秩于命祀而二女帝者元后配靈神祇無緣當復下降小水而爲夫人也參伍其義義既混錯錯綜其理理無可據斯不然矣原其致謬之由由乎俱以帝女爲名名實相亂莫矯其失習非勝是終古不悟可悲矣其說最近理而古今傳楚詞者未嘗及之書于此以祛千古之惑張華博物志多出山海經然卷末載湘夫人事亦誤以爲堯女也

戰國策舊傳高誘注殘缺踈略殊不足觀姚令威寬補注亦未周盡獨縉雲鮑氏（彪）校注爲優雖閒有小疵多不害大體惟東西二周一節極其舛謬深誤學者反不若二氏之說是然高氏但云東周成周今洛陽西周王城今河南其說甚略姚氏特作世系譜似稍詳矣而亦未備其指鞏爲東周則又未免小誤今世學者但知鎬京之爲西周東遷之爲東周而已若敬王之遷成周固已曼漶至于兩周公之東西周則自非覈于考古者蓋茫不知

其所以也此鮑氏之誤所以不得不辨余故
博采載籍究極本末而論焉周之先后稷始
封于邰不窋自竄于戎狄公劉徙居于豳至
于太王徙居岐周文王降崇乃作豐邑自岐
而徙都焉武王之時復營鎬京而居之詩書
稱宗周者指鎬京也迄東遷之前無所遷徙
然武成云王來自商至于豐召誥序云成王
在豐周官序云還歸在豐左傳亦曰康有酆
宮之朝則雖攺邑于鎬而豐宮元不廢葢豐
在京兆鄠縣鎬在長安縣西北十八里相距

纔二十五里往來不爲勞也武王克商之後
嘗曰我南望三塗北望岳鄙顧瞻有河粤瞻
伊洛毋遠天室營周居于洛邑蓋洛邑居土
地之中宜作天邑武王既得天下有都洛之
意矣而未暇及也先于其地遷九鼎焉武王
崩周公相成王成武王之志營以爲都是爲
王城其地實郟鄏亦名河南洛誥所謂我乃
卜澗水東瀍水西惟洛食者也洛陽者周公
營下都以遷殷頑民是爲成周其地又在王
城之東洛誥所謂我又卜瀍水東亦惟洛食

者也洛誥序云周公往營成周則成周乃東
都總名河南成周之王城也洛陽成周之下
都也王城非天子時會諸侯則虛之下都則
保釐大臣所居治事之地周人朝夕受事習
見既久遂獨指以爲成周矣按洛誥王祀于
新邑名誥王來紹上帝自服于土中則成王
固嘗居之然卒駕而西也宣王中興嘗一會
諸侯于東都下至幽王爲犬戎所滅宗周迫
近戎狄平王之立不得已而東遷都于王城
始奠居焉自是始有東西周之名謂之東者

以别于鎬京之爲西耳河南洛陽未分畫也
王子朝之亂其餘黨多在王城敬王畏之徙
都成周後九十餘年考王弒兄而自立懼弟
揭之議已遂以王城封之以續周公之官職
是爲西周桓公此時未有東周公而稱西周
者後人推本而言之也桓公傳威公威公傳
惠公考王十五年西周惠公封其少子班于
鞏以奉王是爲東周惠公父子同謚而西周惠公
長子自爲西周武公自是周公之國始分東
西成周爲東周王城復爲西周矣蓋自河南

桓公續周公之職而秉政三世蓋專所以别
封少子使奉王者殆欲獨擅河南之地不復
奉王且王城成周皆爲東西周君所有天子
直寄焉耳東周者指周王所居之洛陽也鞏
班之采邑也世本曰東周惠公名班居洛陽
是班秉政于洛陽而采邑則在鞏前漢地理
志曰鞏東周所居姚令威用其說非也赧王
時東西周分治王復徙都西周至五十九年
秦昭王使將軍摎攻西周西周君奔秦頓首
受罪盡獻其邑三十六秦受其獻歸其君于

周蓋權移于下其極乃至于盡獻其邑于它人亦不出于天子之命矣是年王赧卒其國先絕西周武公亦卒秦遷西周公于𢄼狐實武公之子公子咎者而東周惠公之後亦尚能一傳後七歲秦莊襄王盡滅東西周周始不祀大略如此戰國策之西周即揭之西周戰國策之東周即班之東周西周建國在東周之前而舊書躋東周于西周之上爲失其次鮑氏正之是矣但其說曰西周正統也不可以後于東周其注韓使人讓周則曰此時

周之命已不行于諸侯矣其注周君謀主也則曰猶爲天子故它如此類不一又盡以西周之策分繫之安赧二王葢直以西周爲天子而不知實桓威諸公之事也余嘗反覆考之東西二周之策皆曰周君周君之自謂必曰小國曰寡人皆當世諸侯之稱其閒或及周王則直稱王或稱天子非不明白鮑氏乃比而一之可乎原其致誤之由葢亦有說溫人之辭云今周君天下則我天子之臣周君天下者言周王之君天下也鮑必誤以爲周

君有天下矣又東周與西周戰韓救西周爲東周謂韓王曰西周者故天子之國也多名器重寶是時周王未徙西周故天子之國者謂敬王故都也鮑必愈疑西周君即天子矣不特此也周王周公國號旣同史記不爲二周公立世家而混書其事于周紀宋忠注周君王赧卒又不知周君與王赧此年俱卒但見二者連文遂謂赧王卒謚西周武公小司馬張守節輩皆能辨之然世多承其誤雖如司馬文正公亦不能免通鑑直以奔秦獻邑

者爲赧王稽古錄中復誤以西周桓公爲東
周無責乎鮑也東周策首章書秦臨周求鼎
事鼎實在西不在東也豈周王在東故東周
君猶能挾天子以制命歟不然則錯簡也注
家皆無發明者因併及之
曾文清訪戴圖詩小艇相從本不期剡中雪月
竝明時不因興盡回船去那得山陰一段奇
近歲豫章朱子儀亦賦此詩四山摇玉夜光
浮一舸玻璃凝不流若使過門相見了千年
風致一時休末句實祖文清之意

俗諺洗脚上船語見三國志呂蒙傳注引吳錄曰孫權欲作濡須塢諸將皆曰上岸擊賊洗足上船何用塢爲蒙曰兵有利鈍戰無百勝如有邂逅敵步騎蹙人不暇及水其得入船乎權曰善遂作之

淳熙十四年冬十一月丙寅宰執奏事延和殿宿直官洪邁同對因諭高宗謚號孝宗聖諭云太上時有老中官云太上臨生徽宗嘗夢吳越錢王引徽宗御衣云我好來朝便留住我終須還我山河待教第三子來邁又記其

父皓在虜買一妾東平人偕其母來母曾在明節皇后閤中能言顯仁皇后初生太上時夢金甲神人自稱錢武肅王寤而生太上武肅即鏐也年八十一太上亦八十一卜都于此亦不偶然張渠雲谷襍記僅載其略且不記其語之所自得獨周必大思陵錄備載其詳如此上所諭錢王指俶俶第三子惟渲也終團練使

賓退錄卷第五

賓退錄卷第六

大梁　趙　與旹

路德延處朱友謙幕府作孩兒詩五十韻以譏友謙本朝張師錫追次其韻賦老兒詩一篇二詩曲盡老幼之情狀張詩用韻妥帖不類次韻者尤爲難能今兩錄之孩兒詩曰情態任天然桃紅兩頰鮮乍行人共看初語客多憐臂膊肥如瓠肌膚軟勝綿長頭纔覆額分角漸垂肩散誕無塵慮逍遥占地仙排衙朱閣上喝道畫堂前合調歌楊柳齊聲踏采蓮

走堤衝細雨奔巷趁輕烟嫩竹乘爲馬新蒲
棹作鞭鶯鷥鷂金鏇繫猧子綵絲牽擁鶴歸晴
島驅鶩入浴暖泉楊花爭弄雪榆葉共收錢
錫鏡當胷挂銀珠對耳懸頭依蒼鶻裹袖學
柘枝揎酒㻌帶丹砂暖茶催小玉煎頻邀籌箸
插時乞繡針穿寶𨰜籃紅豆粧奩拾翠鈿短袍
披案褥尖帽戴靴氊屐畫趨三聖開屏笑七
賢貯懷青杏小垂額綠荷圓驚滴沾羅淚嬌
流汚錦涎倦書饒婭姹憎藥巧遷延弄帳鸞
綃映藏衾鳳綺纏指敲迎使鼓箸撥賽神弦

簾拂魚鈎動箏推鴈柱偏棊圖添路畫笛管
夂聲鐫惱客初酣睡驚僧半入禪尋蛛窮屋
瓦釆雀遍樓椽抛果忙開口藏鈎亂出拳夜
分圍榾柮朝聚打鞦韆折竹裝泥燕添絲放
紙鳶互誇輪水磑相教放風旋旗小裁紅絹
書幽截碧牋遠鋪張鴿網低控射蠅弦吉語
時時道謠歌處處傳匿窗肩乍曲遮路臂相
連鬪草當春遲爭毬出晚田栁傍慵獨坐花
底困橫眠等鶺潛籬畔聽蛩伏砌邊旁枝拈
粉蜨隈樹捉鳴蟬平島誇蹻上層崖逞捷緣

嫩沓車跡小深雪履痕全競指雲生岫齊呼
月上天蟻窠尋逕斷蜂穴遶堦填樵唱迴深
嶺牛歌下遠川壘柴爲屋木和土作盤筵險
砌高臺石危跳峻塔甎忽升鄰舍樹偷上後
池船項禀稱師日甘羅作相年明時方在德
戒爾減狂顛老兒詩曰鬢髮盡皤然耆分白
雪鮮淍遶征客話傴僂抱孫憐無病常供粥
非寒亦衣綿假溫衾擁背借力杖揩肩貌比
三峯客年過四皓仙喚方離枕上扶始到門
前毋愛烹山茗常嫌飣石蓮耳聾如塞𦂳眼

暗似籠烟宴坐羸凭几乘騎困轡鞭頭搖如
轉旋脣動若抽牽骨冷愁離火牙疼怯漱泉
形骸將就木囊橐尚貪錢膠睫乾眵綴粘髭
冷涕懸披裘腰懶繫濯手袖慵揎擡舉衣頻
換扶持藥屢煎坐多茵易破行少履難穿喜
渾裁裘布嗔妻買粉鈿房教深下幕牀遺厚
鋪氈琴聽憐三樂圖張笑七賢看嫌經字小
敲喜磬聲圓食罷羹流袂盃餘酒帶涎樂來
須遣罷醫到久相延裹帽縱橫掠梳頭取次
纏長吁思往事多感聽哀弦氣注腰還重風

牽口更偏墓松先遣種誌石頑教鐫客到惟求藥僧來忽問禪養茶懸竈壁曝艾曬簷椽怒僕空瞠眼嗔童謾握拳心驚嫌蹴踘脚軟怕鞦韆局縮同寒狖堆胍似飽鳶觀瞻多目眩舉動即頭旋女嫁求紅燭男婚乞線箴已鬪須凡杖寧更佩韋弦賓客身非與去兒孫事已傳養和屏作伴如意拂相連久棄登山屐惟存負郭田呻吟朝不樂展轉夜無眠呼稚臨牀畔看書就枕邊冷疑懷貯水虛訝耳聞蟬束帛非無分安車信有緣伏生甘坐末

絳老讓行先拘急將風夜昏沈欲雨天雞皮
塵屢積齯齒食頻塡每憶居郎署常思釣渭
川喜逢迎佛會羞赴賞花筵徑狹容移檻堦
危索減瓢好生焚鳥網惡殺折魚船既感桑
榆日常嗟蒲柳年長思當弱冠悔不賸狂顛
書畢回思少小嬉戲之時恍如昨日今年踰
三十駸駸將入老兒詩之境矣讀之亦可以
自警云前詩第四十二韻押全字後詩乃押
先字恐誤又養和屏作伴屏字可疑

寓言以貽訓誡若柳子厚三戒鞭賈之類頗似

以文爲戲然亦不無補于世道吾閲近世文
集得二文焉朱希眞敦儒東方智士説蕭東
夫德藻吴五百是也朱之文曰東方有人自
號智士才多而狂心凡古昔聖賢與當世公
卿長者皆摘其短闕而非笑之然地寒力薄
終歲不免飢凍里有富人建第宅甲其國中
車馬奴婢鐘鼓帷帳惟備一旦富人名智士
語之曰吾將遠遊今以居第貸子凡室中金
寶資生之具無乏皆聽子用不計期年還則
歸我富人登車而出智士杖策而入僮僕妓

妻羅拜堂下各效其所典簿籍以聽命號智
士曰假公智士因遍觀居第富實偉麗過王
者喜甚忽更衣東走圊仰視其舍卑狹俯閱
其基湫隘心鬱然不樂名紀綱僕讓之曰此
第高廣而圊不稱僕曰惟假公教智士因令
徹舊營新狹者廣之庳者增之曰如此以當
寒暑如此以蔽風雨既藻其棁又丹其楹至
于聚籌積灰扇蠅攘蛆皆有法度事或未當
朝移夕改必善必奇智士躬執斤帚與役夫
褋作手足瘡繭頭蓬面垢晝夜廢眠食忉忉

焉惟恐圃之未美也不覺閱歲成未落也忽閽者奔告曰阿郎至矣智士倉黄棄亭而趨迎富人于堂下富人勞之曰子居吾第樂乎智士恍然自笑曰自君之出吾惟圃是務初不知堂中之溫室別館之虛涼北榭之風南樓之月西園花竹之勝吾未嘗經目後房謌舞之妙吾未嘗舉觴蟲網琴瑟塵棲鐘鼎不知歲月之及子復歸而吾當去也富人揖而出之智士還于故廬且悲且歎悒悒而死市南宜僚聞而笑之以告北山愚公愚公曰子

奚笑哉世之佁圄者多矣子奚笑哉蕭之文
曰吳名惫南蘭陵爲寓言靳之曰淮右浮屠
客吳日飲于市醉而狂攘臂突市人行者皆
避市卒以聞吳牧牧録而械之爲符移授五
百使護而返之淮右五百訶浮屠曰狂髠坐
爾乃有千里役吾且爾苦也每未晨蹴之即
道執扑驅其後不得休夜則縶其足至奔牛
埭浮屠出腰間金市斗酒夜醉五百而髠其
首解墨衣衣之且加之械而縶焉頽壁而逃
明日日旣昳五百乃醒寂不見浮屠顧壁已

頹曰嘻其遁矣旣而視其身之衣則墨驚循
其首則不髮又械且縶不能出戶大呼逆旅
中曰狂髡故在此獨失我耳客每見吴人輒
道此吴人亦自笑也千巖老人曰是殆非寓
言也世之失我者豈獨吴五百哉生而有此
我也均也是不爲榮悴有加損焉者也所寄
以見榮悴乃皆外物非所謂儻來者邪曩悴
而今榮儻來集其身者日以盛而顧揖步趨
亦日隨所寄而改曩與之處者今視之良非
昔人而其自視亦殆非復故我也是其與吴

五百果有閒否哉吾故人或鬓鬓華要當書此遺之二文朱尤屬意高遠世之人不能窮理盡性以至于聖賢之樂地而區區馳逐末務以終其身者皆東方智士之流也余亦懼夫流而至于此也讀之竦然爲之汗下

饒德操祝髮後有與胡少汲直儒小簡云如壁再啓少汲器博望重雖欲與官職辭而官職追之不置然安時聽命可也時命之來亦非己力所能勝己力所能勝亦不可不勝者獨聲色一事耳大抵官職移人如酒漸多則難

制方飲酒時若座有所畏者自非狂夫則酒雖多不至于犯禮少汲天資近道如楞嚴圓覺維摩宜少汲所甚畏者不可令去几案間庶幾濯優曇于烈火也漸貴矣恐漸不聞此語而我漸不敢作此語亦恐漸不喜此語及此時汲汲早獻林下之芹止如是耳

曾端伯慥以所編百家詩選遺孫仲益仲益復書云蒙馳賜百家新選一集發函開讀每得所未聞則拊髀爵躍讀之惟恐盡也歐陽公集古錄云物常聚于所好而得于有力之强

如好之而無力有力而不好皆莫能致也宋
興二百年宗工巨儒騷人墨客專門名家大
篇短章或膾炙士大夫之口或淪廢于兵火
幾亡而僅存蒐攬亦略盡矣而詩引所載多
者數百言少者數十言其人出處大致詞格
高下盛德之士高風絕塵師表一世放臣逐
客興微託遠屬思千里與夫山巉冢刻方言
地志怪奇可喜之詞羣嘲聚訕戲笑之談靡
不畢載集古錄又云惟世之所貪者無欲于
其中然後能一其所好豈不信矣夫覩竊讀

諸引之後其詩舊所見不復讀讀未見者每
遇佳處或一再讀或三復而不能休不謂投
老殘年獲睹奇勝幸甚過望不可言也觀學
䢖才下爲世畸人區區小技如腊鼠然不敢
出鄭國尺寸之地比讀新著而私意粗亦有
合者秦少游云曾子固文章妙絶古今而有
韻者輒不工此語一出天下遂以爲口實南
豐作李白詩引以謂閎肆瓌瑋非近世騷人
所可及而連類引義中法度者寡荆公屢稱
郭功父詩而南豐不謂然功父疑之荆公曰

豈非子固以謂功父天才超逸更當約以古詩之法乎南豐論詩如此如兵間一詩指徐德占論交一詩指吕吉甫又有黄金顔楊諸詩皆卓然有濟世之用而世人便謂不能詩覶所以不喻其言也荊公竹詩人言直節生來瘦自許高才老更剛雪詩平治險穢非無德潤澤焦枯寔有才送李璋下第才如吾子何憂失命屬天公不可猜世人傳誦然非佳句公詩至知制誥乃盡善歸蔣山乃造精絶其後再送李璋下第和吴沖卿雪詩此少作

如天淵相絶矣白公詩所謂辭達大抵能道意之所欲言者蘇黄門詩已不逮諸公北歸後效白公體益不逮惟四字詩最善張文潛晚年詩不逮前作意謂亦效白公詩者公述潘邠老言文潛晚喜白公詩信矣如所料也東坡論陶詩精能之至乃造平淡如佛說蜜中邊皆甜若中與邊皆枯淡亦何用陶詩外枯而中腴若淡而實美也公謂徐師川晚年務造平淡終不如少年精巧蓋平淡不可爲水落石出自見涯涘非積學之至不能到也

呂居仁作江西宗派旣云宗派固有次第陳
無己本學杜子美後受知于曾南豐自言向
來一瓣香敬爲曾南豐非其派也靖康末呂
舜徒作中憲居仁遇師川于寶梵佛舍極口
詬罵其翁于廣坐中居仁俛首不敢出一語
故于宗派貶之于祖可如璧之下師川固當
不平然惠洪僞作魯直贈詩云氣爽絕類徐
師川師川喜以爲是不免與惠洪爲類此又
不可曉者冷齋夜話載秀老一事靚在江西
時惡其狂誕無稽坐客皆嘸然此僧中奴固

不以笞罵爲辱東坡橄欖詩云已輸崖蜜十
分甜惠洪以崖蜜爲櫻桃又有俗子假東坡
名注杜詩云金城土酥静如練爲蘆菔根者
東坡地黄詩云崖蜜助甘冷山薑發芳辛製
地黄法當用薑與蜜而用櫻桃可乎黄師是
守泗時以酥酒遺東坡荅詩云關右土酥黄
似酒揚州雲液却如酥謂土酥爲蘆菔根可
乎公著論斥其妄良有益于後人耳目也覿
每觀公敘諸詩詞句温麗紀次詳實尊賢樂
善得詩人本意歎仰之餘又見曾存之晁无

咎廖明略諸公已推重于幼學之初而一時
名勝皆其儔匹然後知公致力于斯文久矣
如曹元寵米元暉殆是子美詩中黃四娘者
邪然元寵詩殊有可觀若都都平文我又待
入紅窗迴矣聊發千里一笑覿自拜賜凡六
日讀盡所著五十九卷與拾遺詩話一卷而
後修書拜送使者尚當細讀別具記仲益此
書發明甚多今人遺以書籍安肎即讀雖讀
亦必不能留意如此前輩之風何可多得元
寵名組嘗賦紅窗迴百餘篇皆嘲謔之詞故

掩其文名世傳俚語謂假儒不識字者以論
語授徒讀郁郁乎文哉作都都平丈我詩選
載元寵題梁仲敘所藏陳坦畫郵教學詩云
此老方捫蝨衆雛亦附火想見文字間都都
平丈我仲益故云端伯觀詩有百家詩選觀
詞有樂府雅詞稗官小說則有類說至于神
仙之學亦有道樞十鉅編蓋矜多衒博欲示
其于書無所不讀于學無所不能故未免以
不知爲知詩選去取殊未精當前輩多議之
仲益所稱南豐兵間論交黄金顔楊諸篇及

蘇黃門四字詩無一在選中者而反錄都都平丈我之句荅書及此亦因以箴之也

顏淵子夏爲地下修文郎陶弘景爲蓬萊都水監馬周爲素雪宮仙官李長吉記白玉樓其說荒唐不可究詰然近世此類甚多見于傳記班班可攷大抵名人才士間鍾異稟世不多得使無神仙則已設或有之非斯人之徒其孰能當之第怪神之事聖人不語六合之外存之可也石曼卿卒後其故人有見之者云恍惚如夢中言我今爲仙也所主者芙蓉

城慶曆中有朝士晨赴起居道見美婦三十餘行前丁觀文度按轡繼之而去朝士問之最後一人荅曰諸女御迎芙蓉館主也時丁在告頃之聞其卒右侍禁孫勉監元城埽有巨黿穴一埽下埽多墊陷伺其出射殺之後晝卧夢吏來逮行若百里見道左宮闕甚壯問吏何所曰紫府真人宮也真人爲誰曰韓忠獻也勉私念乃韓公故吏祝門吏入見之望韓公坐殿上衣冠若神仙侍立皆碧衣童子勉再拜以情禱焉公遣之歸遂寤王平甫

熙寧癸丑直宿崇文館夢有人邀至海上見海中宮殿甚盛其間作樂題其宮曰靈芝宮邀者欲與俱往一人隔水止之曰時未至且令去他日當迎之恍然夢覺時禁中已鐘鳴平甫頗自負爲詩記之曰萬頃波濤木葉飛笙簫宮殿號靈芝揮毫不似人間世長樂鐘來夜半時後四年平甫病卒其家哭訊之曰君嘗夢往靈芝宮信然乎當以兆我是夕莫奠若有聲音接于人者其家復卜以錢卜曰然呂獻可在安州一日坐小軒因合目見碧

衣童云玉帝南遊炎洲名子隨行糾正羣仙
炎洲苦熱賜子清涼丹一粒呂拜而吞之若
冰雪然自知不久于世後朱明復見呂跨玉
角青鹿于湘江道中金甲吏從數百人劉景
文知忻州一日謂一曹掾曰天帝即名君吾
且繼往未幾掾無疾而逝景文亦繼之經夕
蹶然而蘇索筆作三詩有中宫在天半其上
乃吾家及仙都非世間天人繞樓殿等語黄
伯思字長睿邵武人自稱雲林子尚書右丞
履之孫登進士第仕至秘書郎博學能文好

仙佛之說政和七年在京師夢人告子非久在人間　上帝有命典司文翰明年二月果卒李伯紀銘其墓略曰白玉樓成上帝有詔往司文翰脫屣塵滓葢紀此事陳伯脩師錫宣和三年寓居京口自稱閒適先生一日晝寢夢至帝所如人間上殿之儀帝曰卿平生所上章奏可敘錄進呈一天官引至廊廡間帷帳甚設几上有筆墨硯石皆精妙可翫傍有大帙用青綾裝飾信手運筆捷疾如神疇昔所上者不遺一字帝批覽再三睟顏甚喜

諭旨曰已于第六等授鄉官即下殿謝恩聞
金鐘玉磬之聲競作乃寤以告其子且云豐
相之臨終得夢亦如是儀命駕遍別知舊白
府丐致仕夜過半命其子舉左足壓右足手
結彌陀印端坐而絕後七日一僧云夜宿瓜
洲夢官人服銀緋跨馬導從數十履江水如
平地心異之問爲誰從者曰陳殿院赴名也
黃冕仲挽詩有凌波應作水中仙之句張子
韶云不須更草玉樓賦已作神仙第六人皆
謂此李莊簡南遷其子孟博卒于瓊州先是

數月孟博夢至一所海山空濶樓觀特起雲霄閒有軒榜曰空明先世諸父環坐其中指一席曰留以待汝遂寤臨終雲氣起于寢冠服宛然自雲中冉冉升舉瓊人悉見之孟博苦學有文紹興五年進士第三人及第莊簡有詩悼之云脫屣塵寰委蛻蟬眞形渺渺駕非煙丹臺路杳無歸日白玉樓成不待年宴坐我方依古佛空行汝去作飛仙恩深父子情難割淚滴千行到九泉朱希眞夢記略云紹興戊寅除夜體中不佳三更方得睡夢至

一山館與一客行至門外望山下一居舍甚
蕭灑客指曰此某人居也盍往訪之乃同至
其家柴扉茅舍門前張一畫圖作一仙人乘
雲騰空下臨海山唐人畫也俄而主人出竹
冠草屨握予手大笑如舊相識引入至一小
閣又進登一閣稍大閣中皆陳列法書圖畫
大閣北壁葢其人自畫山林巖石隱逸之趣
其上作雲煙出没濃淡雲中隱隱有章草細
字可讀云吾初東遊至黄河向河再拜飲河
水一杯而渡至某處見某人授易書某處見

某人授種蒔法至某處見某人授酒法乃歸復至黄河復再拜飲河水一杯欲渡大風河浪洶湧衆不敢登舟予獨亂流而濟至家始營小閣日與客飲酒閣破二作三間酒器用鐵鐺木杓磁杯已而少有餘復建大閣他日又有餘復買銀作鐺杯無日不留客客必劇飲飲必醉醉必睡一睡或數日不醒也此後字襍雲煙不可讀矣與予語極朴質間及道理則玄妙高遠其人丰姿葢神仙眞人之流獨與予慷慨劇談坐間先有數客不復與語

予亦連酌數杯酒味非人間麴櫱可及歡飲方狎忽驚起索燈火目想心思縱筆爲記次日己卯歲旦子孫環侍朱出此記示之且云所遊甚樂悔不便爲住計後八日又自云好去好去自有快樂三更初端坐啓手足神色不亂寂然而逝七日方斂舉體柔軟氣貌如生韓公事見劉斧青瑣高議呂公事見斧翰府名談斧著書多誕妄故觀者例不敢信石丁二事東坡芙蓉城詩已用之靈芝宮東坡亦記其事若劉若黃若陳若李若朱則又耳

目相接皆可信不誣唐白樂天亦有詩云近
有人從海上回海山深處見樓閣中有仙龕
虛一室多傳此待樂天來夷堅乙志又載方
朝散爲玉華侍郎事甚詳方之名不著于世
故不錄眞誥丹臺錄諸書所載如武王發爲
北斗君名公奭爲南明公賈誼爲西門都禁
郎溫太眞爲監海開國伯魏武帝爲北君太
傅孔文舉爲後中衞大將軍陶侃爲西河侯
秦始皇爲北帝上相周公旦爲北帝師伯夷
叔齊爲九天僕射墨翟爲太極仙卿莊周爲

太玄博士孔子爲元宫仙之類凡數十人不
可悉書古今聖賢幾無遺者豈盡如其說乎
富鄭公奉使契丹虜主言欲舉兵公曰北朝與
中國通好則人主專其利而臣下無所獲若
用兵則利歸臣下而人主任其禍故北朝羣
臣爭勸舉兵者此皆其自謀非國計也勝負
未可知就使其勝所亡士馬羣臣當之歟抑
人主當之歟是時語錄傳于四方蘇明允讀
至此曰此一段議論古人有之否東坡未十
歲在旁對曰記得嚴安上書云今狥南夸朝

夜郎略嶲州建城邑深入匈奴燔其龍城議者美之此人臣之利非天下之長策也正是此意明允以爲然洪文敏又記魏太武時南邊諸將表稱宋人大嚴將入寇請先其未發逆擊之魏公卿皆以爲當崔伯深曰朝廷羣臣及西北守將從陛下征伐西平赫連北破蠕蠕多獲美女珍寶南邊諸將聞而慕之亦欲南鈔以取資財皆營私計爲國生事不可從也魏主乃止其論亦然余謂嚴崔之說皆陳于其君非若富公以和戰利害别白于異

域而能見聽獨唐鄭元璹使突厥謂頡利曰今掠資財劫人口皆入所部可汗一不得豈若仆旗接好則金玉重幣一歸可汗頡利當其言時自將攻太原遽引還正與富公之事合文敏偶忘之何邪然富公豈蹈襲他人之語者葢理之所在古今所同推誠以告之雖蠻貊之邦行矣

容齋五筆載饒州慶元四年九月十四日嚴霜連降晚稻未實者皆爲所薄不能復生諸縣皆然有常產者訴于郡縣郡守孜孜愛民有

意蠲租然僚吏多云在法無此又云九月正是霜降節不足爲異按白樂天諷諫杜陵叟一篇九月霜降秋早寒禾穗未熟皆青乾長吏明知不申破急斂暴征求考課此明證也豈非昔人立法之初所謂早霜之類非如水旱之田可以稽考懼貪民乘時或成冒濫故不輕啓其端今日之計固難添創條式但凡有災傷出于水旱之外者專委良守令推而行之則寔惠及民可以救其流亡之禍仁政之上也此皆洪說余按北史盧勇傳山西霜

儉運山東租輸皆令寔載違者罪之唐馬周
奏疏云往貞觀初率土霜儉一匹絹纔易斗
米而天下帖然者百姓知陛下憂憐之故人
人自安無謗讟也北齊書隋書亦有直云霜
旱者由是推之唐初以前必皆有蠲租故事
中世方不然又知其名爲霜儉霜旱有能援
以言上聖明之朝當無不從也
後漢以六曹尚書并令僕爲八座魏以五曹尚
書二僕一令爲八座唐太宗嘗歷尚書令人
臣不敢居此官職林猶謂唐與隋同實革新

唐書音訓則謂唐以兩僕射六尚書爲八座
高承事物紀原又謂隋唐至今令僕爲宰相
故六尚書及左右丞爲八座未知孰是
青箱襍記載李泰伯一絶云人言落日是天涯
望極天涯不見家已恨碧山相掩映碧山還
被莫雲遮識者曰此詩意有重重障礙李君
其不偶乎後果如其言吾族人紫芝師秀亦
嘗賦一絶云數日秋風欺病夫盡吹黃葉下
庭蕪林疎放得遥山出又被雲遮一半無氣
象略相似僅脫選而卒何月湖尚書少時登

高峰壇有天近風轉清地高日難晚之句林
黃中侍郎見之即知其異日必貴且壽視前
二詩不侔矣

賓退錄卷第六

賓退錄卷第七

大梁　趙　與旹

漢文帝用宋昌爲衛將軍位亞三司章帝命車騎將軍馬防班同三司延平中拜鄧騭爲儀同三司本此後世遂又有開府儀同三司之名三司者三公也唐高宗武后之時屢興大獄多以尚書刑部御史臺大理寺襍案謂之三司其後有大獄或直命御史中丞刑部侍郎大理卿充三司使次又以刑部員外郎御史大理寺官爲之以決疑獄時因有大三司

使小三司使之別皆事畢罷鹽鐵度支唐中世已置使亦有判戶部者矣然未總命一使亦未謂之三司也後唐同光中敕鹽鐵度支戶部三司錢物並委租庸使管轄踵梁之舊制長興元年罷租庸使額分鹽鐵度支戶部爲三司其年始以前許州節度使張延朗行兵部尚書充三司使三司使自此始國朝因之元豐官制行始罷三司之名三置使者二而各不同讀史未熟者多疑悞故別之

北齊源師攝祠部屬孟夏以龍見請雩時高阿

那肱爲錄尚書事謂爲眞龍出見大驚喜問
龍所在云作何顏色師云此是龍星初見禮
當雩祭非謂眞龍肱夸狄不知書何足責唐
杜牧一代文士其賦阿房意遠而辭麗吴武
陵至以王佐譽之後世稱誦不絕然有云長
橋卧波未雩何龍複道行空不霽何虹既以
橋比龍則是以龍見爲眞龍矣牧之賦與秦
事抵牾者極多如阿房廣袤僅百里牧謂覆
壓三百餘里始皇立十七年始滅韓至二十
六年盡并六國則是十六年之前未能致侯

國子女也牧乃謂王子皇孫輦來于秦爲秦宫人有不得見者三十六年阿房終始皇之世未嘗訖役工徒之多至數萬人二世取之以供驪山周章軍至戲又取以充戰士歌臺舞榭元未落成宫人未嘗得居秦本紀所謂殿屋複道周閣相屬所得諸侯美人鐘鼓以充入之者謂渭北宫宇非阿房也牧顧有妝鏡曉鬟脂水之句凡此程泰之尚書大昌雍錄皆嘗辨之故不詳及獨未雲何龍之語不免與高阿那肱爲類尤可怪也洪駒父詩話

載鮀欽止之說謂古本作未云何龍然未知何所據

知欽州林千之坐食人肉削籍隸海南天下傳以爲異謂載籍以來未之見余記盧氏雜說唐張茂昭爲節鎭頻喫人肉及除統軍到京班中有人問曰聞尚書在鎭好人肉虛實笑曰人肉腥而且膔爭堪喫五代史萇從簡家世屠羊從簡仕至左金吾衞上將軍嘗歷河陽忠武武寧諸鎭好食人肉所至多潛捕民間小兒以食九國志吳將髙澧好使酒嗜殺

人而飲其血日莫必于宅前後掠行人而食之又本朝王繼勳孝明皇后母弟太祖時屢以罪貶後以右監門衛率府副率分司西京殘暴愈甚強市民家子女以備給使小不如意即殺而食之以櫝櫝貯其骨棄之野外女儈及鬻棺者出入其門不絕太宗即位會有訴者斬于洛陽市則知近世亦有之若盜跖及唐之朱粲則在所不足論也

吳傅朋說出己意作游絲書世謂前代無有然唐書文藝傳呂向能一筆環寫百字若縈髮

然世號連綿書疑即此體也

世人瘧疾將作謂可避之他所閭巷不經之說也然自唐已然高力士流巫州李輔國授謫制時力士方逃瘧功臣閣下杜子美詩三年猶瘧疾一鬼不銷亡隔日搜脂髓增寒抱雪霜徒然潛隙地有靦屢鮮粧則不特避之而復塗抹其面矣

享有體薦宴有折俎體薦謂半解其體而薦之設几而不倚爵盈而不飲肴乾而不食所以訓共儉亦謂之房烝即聘義所謂酒清人渴

而不敢飲肉乾人飢而不敢食者也折俎謂體解節折升之于俎物皆可食所以示慈惠亦謂之殽烝若禘祭宗廟郊祭天地全其牲體而升于俎則謂之全烝今人會客于殽核之外或别具盛饌或饋以生餼或代以緡錢皆不食之物近于古之體薦者而舉世呼爲折俎正與左傳國語本文背馳然今人誤用古語者極多不獨此也

沈約宋書禮志云漢建安十年魏武帝以天下彫弊下令不得厚葬又禁立碑魏高貴鄉公

甘露二年大將軍參軍太原王倫卒倫兄俊作表德論以述倫遺美云祗畏王典不得為銘乃撰錄行事就刊于墓之陰此則碑禁尚嚴也此後復弛替非也余按集古金石隸釋隸續諸書益州太守高頤碑立于建安十四年綏民校尉熊君碑立于建安二十一年橫海將軍呂君碑立于魏文帝黃初二年盧江太守范式碑立于明帝青龍三年皆在魏武下令之後甘露之前惟巴郡太守樊敏碑立于建安十年三月是月或未下令約又謂晉

武帝咸寧四年詔石獸碑表既私褒美興長
虛僞傷財害人莫大于此一禁斷之其犯者
雖會赦皆當毀壞至元帝大興元年聽立顧
榮碑禁遂漸弛義熈中裴松之復議禁斷亦
不然太康四年鄭烈碑距咸寧之詔方五載
此後雲南太守碑彭祈碑陳先生碑裴權碑
向凱碑成公重墓刻之類續續不絕豈雖有
此禁而皆不能盡絕歟歐陽公父子趙德夫
洪文惠諸公議論不到此何邪天下碑録又
有數碑洪文惠謂碑錄不可盡信故不著

宋書后妃傳文帝袁后母王夫人當孝武時追
贈豫章郡新淦縣平樂鄉君今新淦無此鄉
名漫書之或可爲他日修方志者之一助
不耐煩宋書庾登之弟仲文傳有此語
謝景仁居宇淨麗每唾必唾左右人衣殷沖則
不然小史非淨浴新衣不得近左右均之好
潔相反如此
漢建安二十四年吴將呂蒙病孫權命道士于
星辰下爲請命醮之法當本于此顧況詩飛
符超羽翼焚火醮星辰姚鵠詩蘿磴靜攀雲

共過雪壇當醮月孤明李商隱詩通靈夜醮
達清晨承露盤晞甲帳春趙嘏詩春生藥圃
芝猶短夜醮齋壇鶴未迴醮之禮至唐盛矣
隋煬帝詩迴步迴三洞清心禮七眞馬戴詩
三更禮星斗寸匕服丹霞薛能詩符呪風雷
惡朝修月露清此言朝修之法也然陳羽步
虛詞云漢武清齋讀鼎書內官扶上畫雲車
壇上月明宮殿閉仰看星斗禮空虛漢武帝
時已如此此高氏緯略所紀余按周公金縢
子路請禱自古有之後世之醮蓋其遺意特

古無道士耳黄帝内傳雖有道士行禮之文但謂有道之士非今之道士也太霄經云周穆王因尹軌真人制樓觀遂名幽逸之人置爲道士平王東遷洛邑置道士七人漢明帝永平五年置二十一人魏武帝爲九州置壇度三十五人魏文帝幸雍謁陳熾法師置道士五十人晉惠帝度四十九人故用道士請命孫權之前無所見髙所書諸詩亦有非爲道士設者

神仙修鍊之術非親涉其門庭者不能了解近

見息菴王思誠序陳泥丸翠虛篇略云采時
喚爲藥煉時喚爲火結時謂之丹養時謂之
胎其寔一也所產之處曰川源山海所藏之
器曰壇爐鼎竈所禀之性有鉛汞水火之名
所成之象有丹砂玄珠之號惟一物也古人
剖析眞元分別氣類所以有采取交會煆煉
沐浴之說以抽添運用之細微遂有斤兩之
論辨析名義比他書粗爲明白漫書之牘
婦人統兵世但稱唐平陽公主余又記晉王恭
討王國寶時王廞聚衆應之以其女爲貞烈

將軍且盡以女人爲官屬顧琛母孔氏爲司
馬其一也
胡紡度紘帥廣傳其荅州縣官啓二首其一云
蒙恩分閫入境問民皆言法令頓寬遂致傳
聞不雅欲銷此謗豈屬他人官廉則蚌蛤自
回虎在則藜藿不采其一云茲分帥閫特辱
長牋固知能作于文章然亦須閑于法令人
言度嶺多酌貪泉久知此謗之未除願與諸
君而一洗
紹興間禁中呼秦太師爲太平翁翁見陸放翁

詩注

四朝國史王安石傳史臣曰嗚呼安石託經術立政事以毒天下非神宗之明聖時有以燭其姦則社稷之禍不在後日矣今尚忍言之天變不足畏祖宗不足法人言不足恤此三者雖少正卯言僞而辨王莽誦六藝以文姦言蓋不至是也所立幾何貽害無極悲夫王偁東都事略則曰安石之遇神宗千載一時也而不能引君當道乃以富國强兵爲事擯老成任新進黜忠厚崇浮薄惡鯁正樂諛佞

是以廉恥汩喪風俗敗壞孟子所謂作于其
心害于其事作于其事害于其政者豈不然
哉烏虖安石之學旣行則姦宄得志假紹述
之說以脅持上下立朋黨之論以禁錮忠良
卒之民愁盜起夷狄亂華其禍有不可勝言
者悲夫與㫖舊見象山陸先生所作荆公祠
堂記議論尤精確先生嘗與胡季隨大時書
云王文公祠記乃是斷百餘年未了底大公
案自謂聖人復起不易吾言誠非虛語記曰
唐虞三代之盛道行乎天下夏商叔葉去治

未遠公卿之間猶有典刑伊尹適夏三仁在
商此道之所存也周歷之季跡熄澤竭人私
其身士私其學橫議蜂起老氏以恙成其私
長雄于百家竊其遺意者猶皆逞于天下至
漢而其術益行子房之師寔維黃石曹參避
堂以舍蓋公高惠收其成績波及文景者二
公之餘也自夫子之皇皇沮溺接輿之徒固
已竊議其後孟子言必稱堯舜聽者爲之藐
然不絕如綫未足以喻斯道之微也陵夸數
千百載而卓然復見斯義顧不偉哉裕陵之

得公問唐太宗何如主公對曰陛下每事當以堯舜爲法太宗所知不遠所爲未盡合法度裕陵曰卿可謂責難于君然朕自視眇然恐無以副此意卿宜悉意輔朕庶同濟此道自是君臣議論未嘗不以堯舜相期及委之以政則曰有以助朕勿惜盡言又曰須督責朕使大有爲又曰天生睃民之才可以覆芘生民義當與之戮力若虛捐歲月是自棄也秦漢而下南面之君亦嘗有知斯義者乎後之好議論者之聞斯言也亦嘗隱之于心以

揆斯志乎曾魯公曰聖知如此安石殺身以
報亦其宜也公曰君臣相與各欲致其義耳
爲君則自欲盡君道爲臣則自欲盡臣道非
相爲賜也秦漢而下當塗之士亦嘗有知斯
義者乎後之好議論者之聞斯言也亦嘗隱
之于心以揆斯志乎惜哉公之學不足以遂
斯志而卒以負斯志不足以究斯義而卒以
蔽斯義也昭陵之日使還獻書指陳時事剖
析弊端支葉扶疎往往切當然覈其綱領則
曰當今之法度不合乎先王之法度公之不

能究斯義而卒以自蔽者固見于此矣其告
裕陵蓋無異旨勉其君以法堯舜是也而謂
每事當以爲法此豈足以法堯舜者乎謂太
宗不足法可也而謂其所爲未盡合法度此
豈足以度越太宗者乎不知言無以知人也
公疇昔之學問熙寧之事業舉不遁乎使還
之書而排公者或謂容悅或謂迎合或謂變
其所守或謂乖其所學是尚得爲知公者乎
氣之相迕而不相悅則必有相訾之言此人
之私也公之未用固有素訾公如張公安道

呂公獻可蘇公明允者夫三公者之不悅于
公蓋生于其氣之所迸公之所蔽則有之矣
何至如三公之言哉英特邁往不屑于流俗
聲色利達之習介然無毫毛得以入于其心
潔白之操寒于冰霜公之質也掃俗學之凡
陋振弊法之因循道術必爲孔孟勲績必爲
伊周公之志也不蘄人之知而聲光燁奕一
時鉅公名賢爲之左次公之得此豈偶然哉
用逢其時君不世出學焉而後臣之無愧成
湯高宗君或致疑謝病求去君爲責躬始復

視事公之得君可謂專矣新法之議舉朝讙
譁行之未幾天下恟恟公方秉執周禮精白
言之自信所學確乎不疑君子力爭繼之以
去小人投機密贊其決忠樸屏伏憸狡得志
曾不爲悟公之蔽也典禮爵刑莫非天理洪
範九疇帝王錫之古所謂憲章法度典則者
皆此理也公之所謂法度者豈其然乎獻納
未幾裕陵出諫院疏與公評之至簡易之說
曰今未可爲簡易修立法度乃所以爲簡易
也熙寧之政粹于是矣釋此弗論尚何以費

辭于其建置之末哉爲政在人取人以身修
身以道修道以仁仁人心也人者政之本也
身者人之本也心者身之本也不造其本而
從事其末末不可得而治矣大學不傳古道
榛塞其來已久隨世而就功名者淵源又類
出于老氏世之君子天常之厚師尊載籍以
輔其質者行于天下隨其分量有所補益然
而不究其義不能大有所爲其于當世之弊
有不能正則依違其閒稍加潤飾以幸無禍
公方恥斯世不爲唐虞其肎安于是乎蔽于

其末而不究其義世之君子未始不與公同而犯害則異者彼依違其間而公取必焉故也熙寧排公者大抵極詆訾之言而不折之以至理平者未一二而激者居八九上不足以取信于裕陵下不足以解公之蔽反以固其意成其事新法之罪諸君子固分之矣元祐大臣一切更張豈所謂無偏無黨者哉所貴乎玉者瑕瑜不相揜也古之信史直書其事是非善惡靡不畢見勸懲鑑戒後世所賴抑揚損益以附已好惡用失情寔小人得以

藉口而激怒豈所望于君子哉紹聖之變寧
得而獨委罪于公乎熈寧之初公固逆知已
說之行人所不樂旣指爲流俗又斥以小人
及諸賢排公已甚之辭亦復稱是兩下相激
事愈戾而理益不明元祐諸公可易轍矣又
益甚之六藝之正可文姦言小人附託何所
不至紹聖用事之人如彼其桀新法不作豈
將遂無所竄其巧以逞其志乎反覆其手以
導崇寧之姦者寔元祐三館之儲元豐之末
附麗匪人自謂定策至造詐以誣首相則疇

昔從容問學慷慨陳義而諸君子之所深與
者也格君之學克知灼見之道不知自勉而
戛戛于事爲之末以分異人爲快使小人得
間順投逆逞其致一也近世學者雷同一律
發言盈庭豈善學前輩者哉公世居臨川罷
政徙于金陵宣和間故廬丘墟鄉貴人屬縣
立祠其上紹興初嘗加葺焉逮今餘四十年
隳圮已甚過者咨歎令怪力之祠緜緜不絕
而公以蓋世之英絕俗之操殆不世有而廟
貌弗嚴邦人無所致敬無乃議論之不公人

心之疑畏使至是耶郡侯錢公期月政成人
用輯和繕學之既慨然徹而新之視舊加壯
爲之管鑰掌于學官以時祠焉余初聞之竊
所敬歎既又屬記于余余固悼此學之不講
士心不明是非無所折衷公爲使時舍人曾
公復書切磋有曰足下于今最能取于人以
爲善而比聞有相曉者足下皆不受之必其
理未有以奪足下之見也竊不自揆得從郡
侯敬以所聞薦于祠下必公之所樂聞也
陸放翁感事詩云陋巷何須歎一瓢朱門能守

亦寥寥衲衣先世曾調鼎野褐家聲本珥貂

若悟死生均露電未應富貴勝漁樵千年回

首俱陳迹不向杯中何處消自注云沈義倫

丞相裔孫爲僧劉仁瞻侍中裔孫爲道人皆

孤身死絶興中二公之後遂絶殊不知沈公

之後有一派靖康末自京師流落新淦者居

于邨疃耕人之田矣又不止于爲僧也然其

先世告身及相君神道碑摹本故在周文忠

序槐庭濟美總集有云粤自周衰賢者之類

棄功臣之世絶故孟子告齊宣王以故國非

喬木王無親臣矣蓋諷其上也雖然有位于朝不守其業而忘其所甚至公矦之家降在皁隸則華門圭竇得以陵之此豈獨上之人之罪也哉最爲確論

古人之坐者兩膝著地因反其蹠而坐于其上正如今之胡跪者其爲肅拜則又拱兩手而下之至地也其爲頓首則又以頭頓于手上也其爲稽首則又卻其手而以頭著地亦如今之禮拜者皆因跪而益致其恭也故儀禮曰坐取爵曰坐奠爵禮記曰坐而遷之曰一

坐再至曰武坐致右軒左老子曰坐進此道之類凡言坐者皆謂跪也若漢文帝與賈生語不覺膝之前于席管寧坐不箕股榻當膝處皆穿皆其明驗老子曰雖有拱璧以先駟馬不如坐進此道蓋坐即跪也進猶獻也言以重寶厚禮與人不如跪而告之以此道也今說者乃以為坐禪之意誤也然記又云授立不跪授坐不立莊子又云跪坐而進之則跪與坐又似有小異處疑跪有危義故兩膝著地伸腰及股而勢危者為跪兩膝著地以尻著蹠而稍安者為坐也又詩云不遑啓居而傳以啓為跪爾雅以妥為

安而跪以爲安定之坐夫以啓對居而訓啓
爲跪則居之爲坐可見以妥爲安定之坐則
跪之爲危坐亦可知蓋兩事相似但一危一
安爲小不同耳至于拜之爲禮亦無所考但
杜子春說太祝九拜處解奇拜云拜時先屈
一膝今之雅拜也夫特以先屈一膝爲雅拜
則他拜皆當齊屈兩膝如今之禮拜明矣凡
此三事書傳皆無明文亦不知其自何時而
變而今人有不察也頃年屬錢子言作白鹿
禮殿欲據開元禮不爲塑像而臨祭設位子

言不以爲然而必以塑像爲問予旣略爲考禮如前之云又記少時聞之先人云嘗至鄭州謁列子祠見其塑像席地而坐則亦并以告之以爲必不得已而爲塑像則當放此以免于蘇子俯伏匍匐之譏子言又不謂然會予亦辭浙東之節遂不能强然至今以爲恨也東坡文集私試策問云古者坐于席故籩豆之長短簠簋之高下適與人均今土木之像旣已巍然于上而列器皿于地使鬼神不享則不可知若其享之則是俯伏匍匐而就也其後乃聞成都府學有漢時禮殿諸象皆席地而跪坐文翁猶是當時琢石所爲尤足

据信不知蘇公蜀人何以不見而云爾也及
楊方子直入蜀帥幕府因使訪焉則果如所
聞者且為寫放文翁石象為土偶以來而塑
手不精或者猶意其或為加趺也去年又屬
蜀漕楊王休子美令乃併得先聖先師三像
木刻精巧視其坐後兩蹠隱然見于帷裳之
下然後審其所以坐者果為跪而無疑也惜
乎白鹿塑象之時不得此證以曉子言使東
南學者未得復見古人之象以革千載之謬
為之喟然太息姑記本末寫寄洞學諸生使

書而揭之廟門之左以俟來者考焉此朱文公白鹿禮殿塑像説後其季子在守南康因更新禮殿聞之于朝迄成先志然遠方學者未盡見此説故識之

史記黄帝紀神農氏世衰諸侯相侵伐暴虐百姓而神農氏弗能征于是軒轅乃習用干戈以征不享諸侯咸來賓從而蚩尤最爲暴莫能伐炎帝欲侵陵諸侯諸侯咸歸軒轅既云諸侯相侵伐而神農氏弗能征矣又云炎帝欲侵陵諸侯何邪尚當訪精于史學者而問

之

今道家設醮率用米糈世傳始于張陵而寔不

然陵使百姓從受道者出五斗米非以祠神

也按山海經載諸山之神各舉其形狀及祠

之之物有糈者居多如䧿山之首自招摇之

山以至箕尾之山凡十山糈用稌米自拒山

至于漆吴之山凡十七山糈用稌自天虞之

山至南禺之山凡一十四山糈用稌崇吾之

山至于翼望之山凡二千三山糈用稷米陰

山以下至于崦嵫之山凡十九山糈以稻米

自太行之山以至于無逢之山凡四十六山皆用稌糈米祠之自敖岸之山至于和山凡五山糈用稌自景山至鼓琴之山凡二十三山糈用稌自支凡山至于賈超之山凡十六山糈用稌自首山至于丙山凡九山糈用五種之糈自翼望之山至于几山凡四十八山糈用五種之精禾自篇遇之山至于榮余之山凡十五山糈用稌郭注云糈祀神之米名先呂反今江東音所惟自尸胡之山至于無睪之山凡十九山米用黍自莔林之山至于

陽虛之山凡十六山其祠用稌二者無糈字

或傳寫脫誤軍狐之山至于隄山凡二十五

山甘棗之山至于鼓鐙之山凡十五山皆曰

瘞而不糈管涔之山至于敦題之山凡十七

山輝諸之山至于蔓渠之山凡九山皆曰投

而不糈自鈐山至于萊山凡十七山則曰鈐

而不糈自鹿蹄之山至于玄扈之山凡九山

則曰祈而不糈郭注直云祭不用米也著明

如此山海經雖不敢信爲禹益所著然屈原

離騷呂氏春秋皆摘取其事而漢人引用者

尤多其書決不出于張陵之後則糈之用也
尚矣離騷云巫咸將夕降兮懷椒糈而要之
王逸注云糈精米所以享神也淮南子云病
者寢席醫之用針石巫之用糈藉所救鈞也
許叔重注云糈米所以享神見于載籍者不
一第不若山海經之著明耳

賓退錄卷第七

賓退錄卷第八

大梁趙與旹

洪文敏著夷堅志積三十二編凡三十一序各出新意不相複重昔人所無也今撮其意書之觀者當知其不可及甲志序所以爲作者之意乙志謂前代志怪之書皆不無寓言獨是書遠不過一甲子爲有据依丙志謂始萃此書頗以鳩異崇怪本無意于述人事及稱人之惡然得于容易或急于滿卷帙故頗違初心其究乃至于誣善蓋以告者過或聽焉

不審旣刪削是正而可爲第三書者又已襞
積懲前過止不欲爲然習氣所溺欲罷不能
而好事君子復縱臾之輒私自恕曰但談鬼
神之事足矣毋庸及其他于是取爲丙志丁
志設或人之辭謂不能玩心聖經勞勤心口
從事于神奇荒怪索墨費紙殆半太史公書
爲可笑從而爲之辨戊志謂在閩泮時葉晦
叔頗搜索奇聞來助紀錄嘗言近有估客航
海不覺入巨魚腹中腹正寬經日未死適木
工數輩在取斧斫斫魚脇魚覺痛躍入大洋

舉船人及魚皆死予戲難之曰一舟盡没何
人談此事于世乎晦叔大笑不知所荅予固
懼未能免此也已志謂昔以夸堅志吾書謂
與前人諸書不相襲後得唐華原尉張慎素
夸堅錄亦取列子之說喜其與己合庚志謂
假守當塗地偏少事濟南吕義卿洛陽吳斗
南適以舊聞寄似度可半編帙于是輯爲庚
志初甲志之成歷十八年自乙至已或七年
或五六年今不過數閲月開之爲助如此然
平生居閑之日多豈不趣成書亦欠此巨編

相傳益耳末又載章德懋使虜掌訝者問夌堅自丁志後曾更續否而引樂天東坡之事以自況辛志記初著書時欲倣段成式諾臯記名以客齋諾臯後惡其沿襲且不堪讀者輒問乃更今名因載向巨原荅問之語壬志全取王景文夌堅別志序表以數語癸志謂九志成年七十有一擬綴輯癸編稚子櫰復云更須從子至亥接續之乃成書予掛之曰天假吾年雖倍此可也人生未可料惡知吾不能及是乎支甲謂或疑所載頗有與昔人

傳記相似處殆好事者飾說剽掠借爲談助
證以蒙莊之語辨其不然又云初欲從稚子
請續以十二辰又以段柯古支諾臯支動支
植尤崛奇于是名曰支甲支乙則云紹熙庚
戌臘從會稽西歸至甲寅之夏季夸堅之書
緒成辛壬癸三志合六十卷及支甲十卷財
八改月又成支乙一編殊自喜也支景則云
曾大父諱與甲乙下一字同音而左畔從火
故再世以來用唐人所借但稱爲景當夸堅
第三書出或見警曰禮不諱嫌名乃直名之

今是書萌芽稚兒謂稗官說與他所論著及
通官文書不俘避之宜矣遂目以支景支丁
則自摭此帙中不可信者數事謂苟以其說
至斯受之而已矣贅牙畔奐蓋自知之愛奇
之過一至于此讀者勿以辭害意可也支戊
載呂覽賓畢聚之夢謂夸堅記夢乜慮百餘
事未有若此之可怪者支己謂神奇詭異之
事無時不有姑即夸堅諸志考之上焉假諸
正夢騰薄穹霄次焉猶陟蓬壺期汗漫不幸
而死死矣幸而復生見九地之下溟漲之海

以至島鬼淵祇蛇祅牛魅之類何翅累千萬
百所遇非一人所更非一事所歷非一境而
莫有同者焉支庚謂四十四日書成自詑其
速且敘其所以速之由支辛謂東坡志林李
方叔師友談記錢丕行年雜紀之類四五書
皆偶附著異事不顓虞初九百之篇士大夫
或弗能知故剟剽以爲助不幾乎三之一矣
支壬則云子弟輩皆言翁既作文不已而掇
錄怪奇又未嘗少息殆非老人頤神繕性之
福盍已之余愛其說未再閱日膳飲爲之失

味步趨爲之局束方寸爲之不寧精爽如癡向之相勸上者慁不知所出于是適然而笑豈吾緣法在是如駛馬下臨千丈坡欲駐不可姑從吾志以竟此生異時惛不能進將不攻自縮矣支癸謂劉向父子彙羣書七略班孟堅采以爲藝文志小說類定著十五家最後虞初周說九百四十三篇出于稗官街談巷語道聽塗說者之所造今亡矣唐史所摽百餘家六百三十五卷太平廣記萃取之不棄也予旣畢夸堅十志又支而廣之通三百

篇不能滿者才十有一遂半唐志所云三志
甲謂樓子偃孫羅前人所著稗説來示如徐
禺臣稽神錄張文定公洛陽舊聞記錢希白
洞微志張君房乘異呂灌園測幽張師正述
異志畢仲荀幕府燕閒錄七書多歷年二十
而所就卷帙皆不能多三志甲才五十日而
成不謂之速不可也三志乙謂兹一編頗得
之卜者徐謙謙聾雙目而審聽彊記客詣其
肆與之言悉追憶不忘倩傍人書以相示昔
徐仲車耳聵而四方事無不周知謙豈其苗

裔邪賢愚固不可同日語而所以異則同三
志景謂郡邑必有圖志鄱陽獨無而夷堅自
甲施于三景所粹州里異聞乃至五百有五
十他時有好事君子采以爲志斯過半矣三
志丁則云人年七八十幸身康寧當退藏一
室早睡晏起繙貝多旁行書與三生結願否
則邀方外雲侶熊經鴟顧斯亦可耳至于著
書蓋出下下策而此習膠拳不能釋固嘗悔
哂猛藏去弗視乃若禁嬰孺之滑甘未能幾
何留意愈甚雖有傾河摇山之辯不復聽矣

三志戊謂子不語怪力亂神非置而弗問也聖人設教垂世不肎以神怪之事詒諸話言然書于春秋于易于詩于書皆有之而左氏内外傳尤多遂以爲誣誕浮夸則不可三志已謂一話一言入耳當即錄而固有因循而失之者如滕彥智黃雍父所言一二事至今往來于襟抱不釋也三志庚考徐鉉稽神錄辯楊文公談苑所載蒯亮之事非是三志辛云予嘗立說謂古今神奇之事莫不同者今乃悟此語爲不廣而證以蜀士孫斯文及幽

明錄中賈弼事三志壬引昌黎公明鬼謂夸堅所紀不能出其所證之三非三志癸言太平廣記類聚之誤四志甲辯夸堅爲皐陶別名至四志乙則絕筆之書不及序惟支壬三志丁兩序意略同而數序自詑其速者亦不甚相遠云

俗謂不冠者曰科頭科頭二字出史記張儀傳注謂不著兜鍪入敵

余首卷辯王建宮詞多襍以他人所作今乃知所知不廣蓋建自有宮詞百篇傳其集者但

得九十篇蜀本建集序可考後來刻梓者以他人十詩足之故爾混殽余既辨其八矣尚有二首殿前傳點各依班召對西來八詔蠻上得青花龍尾道側身偷覷正南山鴛鴦瓦上忽然聲晝寢宮娥夢裏驚原是吾皇金彈子海棠窠下打流鶯者未詳誰作也所逸十篇今見于洪文敏所錄唐人絕句中然不知其所自得其詞云忽地金輿向月陂内人接著便相隨却回龍武軍前過當處教開卧鴨池畫作天河刻作牛玉梭金鑷采橋頭每年

宮女穿針夜敕賜諸親乞巧樓春來睡困不
梳頭懶逐君王苑北遊暫向玉花堦上坐簸
錢贏得兩三籌紅燈睡裏看春雲雲上三更
直宿分金砌雨來行步滑兩人擡起隱金蘘
蜂鬚蟬翅薄鬆鬆浮動搔頭似有風一度出
時抛一遍金條零落滿函中教遍宮娥唱盡
詞暗中頭白沒人知樓中日日歌聲好不問
從初學阿誰彈棊玉指兩參差背局臨虛鬬
著危先打角頭紅子落上三金字半邊垂宛
轉黃金白柄長青荷葉子畫鴛鴦把來不是

呈新樣欲進微風到御床供御香方加減頻

水沈山麝每回新内中不許相傳出已被醫

家寫與人藥童食後送雲漿高殿無風扇少

涼每到日中重掠鬢衩衣騎馬繞宮廊

唐李昌符婢僕詩二首共一云不論秋菊與春

花箇箇能噇空腹茶無事莫教頻入庫一名

閑物要些些曲盡婢之情狀乃知古今如此

史記秦本紀武公卒葬雍平陽初以人從死從

死者六十六人至獻公元年方止從死則知

武公而下十有八君之葬必皆有從死者矣

不獨繆公也黄鳥之詩特以奄息仲行鍼虎爲秦之良臣故國人哀之耳夫一君之葬使六十六人無罪而就死地固已可駭而繆公至用百七十七人習俗之移人雖繆公不能免則獻公亦賢矣哉

罔違道以干百姓之譽罔咈百姓以從己之欲王荆公曰咈百姓以從己之欲則不可咈百姓以從先王之道何爲而不可范淳夫云咈百姓則非先王之道也荆公之言主于自文范公則求以矯之其實不然干百姓之譽者

有時而違道則道必有時而咈百姓矣祁寒暑雨均曰怨咨小民之情也爲政者但當虚心無我據理而行不使纖毫計校毀譽之心亂于胷中足矣

王制云古者以周尺八尺爲步今以周尺六尺四寸爲步管子司馬法皆曰六尺爲步秦始皇亦然今以五尺爲步步之尺數不同如此周尺之制鄭康成謂未詳聞也近世伊川文集中載作主之制謂當今省尺五寸五分弱潘仲善時舉聞之晦翁謂五寸字誤當作七

寸五分弱又謂省尺者三司布帛尺也潘後從會稽司馬侍郎家求得溫公圖本周尺果當布帛尺七寸五分弱于今浙尺爲八寸四分溫公圖本必有考按恨不知其源流之詳也

歷家以冬至爲一歲之首冬至者建子月之中氣故子時初四刻以前繫今日正初刻以後繫明日蓋一理也今大史局歷每節氣在子初則書其夜子初某刻以別之其來尚矣紹熙二年正月三日壬子其夜子初立春洪文

敏以劄子白廟堂云日辰自古以子時爲首今旣子時立春則當是四日癸丑謂太史之誤其寔不然康節冬至吟云何者謂之幾天根理極微今年初盡處明日未來時此際易得意其間難下辭人能知此意何事不能知又云冬至子之半天心無改移一陽初動處萬物未生時玄酒味方淡太音聲正稀此言如不信更請問庖犧

漢高帝封兄子信爲羹頡矦雖以其母轑釜之故然按括地志寔有羹頡山在嬀州懷戎縣

東南十五里注史記者失不引此顏師古注
漢書但云頡音戛言其母戛羹釜也小司馬
索隱又直謂爵號耳非縣邑名皆弗深考也
古之封侯未有非地名者若武帝封霍去病
冠軍侯田千秋富民侯昭帝封霍光博陸侯
光武封彭寵奴不義侯以至鐫胡鐫羌向義
建策之類非制也然冠軍侯國在東郡富民
侯國在沛郡蘄縣博陸初食北海河閒後益
封又食東郡特被以嘉名而已非若光武所
封未必有分地也武帝時又有張騫封博望

矦趙破奴封從票矦亦未詳其封邑
州縣城隍廟莫詳事始前輩謂旣有社矣不應
復有城隍故唐李陽冰謂城隍神祀典無之
惟吳越有爾然成都城隍祠太和中李德裕
所建李白作韋鄂州碑謂大水滅郭抗辭正
色言于城隍其應如響杜牧爲黄州刺史有
祭城隍神祈雨文二首它如韓文公之于潮
麴信陵之于舒皆有祭文而許遠亦有晢井
鵶翔危堞神護之語則不獨吳越爲然蕪湖
城隍祠建于吳赤烏二年高齊慕容儼梁武

陵王祀城隍神皆書于史則又不獨唐而已開成中睦州刺史呂述以爲合于禮之八蜡祭坊與水庸者今按禮記注水庸溝也正義云坊者所以蓄水亦以鄣水水庸者所以受水亦以泄水則坊蓋今之隄防水庸蓋今之溝澮也方之城隍義殊不類今其祠幾遍天下朝家或錫廟額或頒封爵未命者或襲鄰郡之稱或承流俗所傳郡異而縣不同至于神之姓名則又遷就附會各指一人神何言哉負城之邑亦有與郡兩立者獨彭州既

有城隍廟又有羅城廟袁州分宜縣旣有城
隍廟又有縣隍廟尤爲創見以余聞見所及
攷之廟額封爵具者惟臨安府當後唐清泰
元年嘗封順義保寧王與越湖二神並命今
號永固廟不知何時所賜紹興三十年封保
順通惠矦今封顯正康濟王紹興府梁開平
封崇福矦清泰封興德保闉王紹興初賜額
顯寧今封昭順靈濟孚祐忠應王台州則鎮
安廟順利顯應王吉州則靈護廟威顯英烈
矦筠州則利貺廟靈佑順應顯正王袁州則

顯忠廟靈惠侯濠州則孚應廟靈助侯建寧府則顯應廟福應惠寧侯建康之溧水則顯正廟廣惠侯泉州惠安縣則寧濟廟靈安昭祐侯邵武軍則顯祐廟神濟訓順侯泰寧則廣惠廟靖惠孚濟侯韶州則明惠廟善祐侯成州則靈應廟英佑侯有廟額而未爵命者鎮江忠祐寧國靈護隆興顯忠德安府威澤楚州靈顯和州孚惠襄陽孚濟汀州顯應珍州仁貺靜江嘉佑慶元之昌國邵武之建寧皆曰惠應前代錫爵而本朝未申命者湖州

阜俗安城王處州龍泉縣廣順侯鄂州城隍
萬勝鎮安王城隍二字亦正元中所封王號越州蕭山縣用
郡城隍神初命稱崇福侯昭州立山縣爲蒙
州時封靈感王台州五縣吳越時皆封以王
爵臨海曰興國黃巖曰永寧天台曰始平仙
居曰昇平寧海曰安仁其餘相承稱謂如溫
州富俗侯處州仙都侯臨安府錢塘縣安邑
侯臨安縣霸國侯王興國軍高陵王筠州新
昌鹽城王潭州定湘王泉州明烈王潼川興
元安平將軍漢州彭州安福將軍邛州大邑

縣安靜神廣州羊城使者之類皆莫究其所
以也襄陽雖有孚濟額而保漢公之號未知
所自寧國雖有靈護額而爵稱佑聖不可得
而詳隆興雖有顯忠額而南唐嘗封輔德王
故贛州稱輔惠廟南康軍安慶府及潭之益
陽太平之蕪湖南安之上猶皆稱輔德王撫
黃復南安臨江諸郡則稱顯忠輔德王或輔
德顯忠王蓋皆以隆興廟額混南唐爵命以
爲稱也神之姓名具者鎮江慶元寧國大平
襄陽興元復州南安諸郡華亭蕪湖兩邑皆

謂紀信隆興贛袁江吉建昌臨江南康皆謂
瓘嬰福州江陰以爲周苛眞州六合以爲英
布和州爲范增襄陽之穀城爲蕭何興國軍
爲姚弋仲紹興府爲龐玉寔龐堅四世祖事
具唐書忠義傳蓋嘗歷越州總管鄂州爲焦
明南史焦度之父也台州屈坦吳尚書僕射
晃之子今州治蓋其故居筠州應智頊唐初
州爲靖州時刺史南豐游茂洪開元間嘗知
縣鎮溧水白季康唐縣令也惟筠之新昌祀
西晉邑宰盧姓者紹興之嵊祀陳長官慶元

昌國祀邑人茹侯三者不得其名耳耳目所
不接者尚闕如也承播溱三州及遵義軍未
廢時皆嘗錫城隍廟額承曰靜惠播曰昭祐
溱曰寧德遵義曰懷寧承州則又有靜應侯
爵今承爲綏陽縣遵義爲寨皆隸珍州溱播
之地則折而入于南平之境矣嘉祐襍誌載
吴春卿爲臨安宰聞故老言錢尚父方睡湯
瓶沸一小童以水注之錢曰吾方欲以水注
瓶此童先知吾意不可赦遂殺之後見其爲
厲乃封爲霸屬一作國侯使永爲臨安土地故

塑像爲十餘歲小兒今不知塑像何如耳土地之稱已轉而爲城隍矣太平廣記載宣州司戸死而復生云見城隍神自言晉亘彝也與所傳不同然彝今亦別廟食于涇紹興辛未潼關守沈該將新城隍祠夢人賫文書來稱新差土地閱其姓名葢史堅序事愈涉怪淳熈閒李異守龍舒有德于民去郡而卒邦人遂相傳爲城隍神矣尤淺妄不經也唐羊士諤有城隍廟賽雨絶句二首

史記齊世家云齊王與舅父駟鈞陰謀發兵索

隱云舅父謂舅猶妗稱妗母舅父二字甚新

人少用者

禮婦人與丈夫為禮則俠拜俠者夾謂男子一

拜婦人兩拜夾男子拜今婦人之拜不跪則

異于古所謂俠拜江浙衣冠之家尚通行之

閭巷則否江鄰幾嘉祐雜誌載司馬溫公之

語乃謂陜府郿野婦人皆夾拜城郭則不然

南北之俗不同如此

馮延巳謁金門長短句膾炙人口其曰鬭鴨欄

干獨倚人多疑鴨不能鬭余按三國志孫權

傳注引江表傳曰魏文帝遣使求鬬鴨羣臣
奏宜勿與權曰彼在諒闇之中所求若此豈
可與言禮哉具以與之陸遜傳建昌矦慮作
鬬鴨欄遜曰君矦宜勤覽經典用此何爲南
史王僧達傳僧達爲太子舍人坐屬疾而往
楊列橋觀鬬鴨爲有司所劾新唐書齊王祐
傳祐喜養鬬鴨方末反狸齧鴨四十餘絶其
頭去及敗牽連誅死者凡四十餘人則古蓋
有之又唐田令孜傳僖宗好鬬鵞鵞數幸六王
宅興慶池與諸王鬬鵞一鵞至五十萬錢是

鵞亦能鬬也

秦捕商君商君亡至關下欲舍客舍客不知商君也曰商君之法舍人無驗者坐之商君喟然歎曰嗟乎爲法之敝一至此哉蘇文定謫雷州不許居官舍遂僦民屋章子厚又以爲強奪民居下州逮民究治及子厚謫雷亦問舍于民民曰前蘇公來章丞相幾破我家今不可也人以爲報古今一轍也

西京雜記載武帝欲殺乳母告急于東方朔朔曰帝忍而愎旁人言之益死之速耳汝臨去

但屢顧我我當設奇以激之乳母如言朔在帝側曰汝宜速去帝今已大豈念汝乳哺時恩邪帝愴然遂舍之史記滑稽傳褚先生曰武帝時有所幸倡郭舍人者發言陳辭雖不合大道然令人主和說武帝少時東武侯母常養帝帝壯時號之曰大乳母乳母家子孫奴從者暴橫長安中有司請徙乳母家室處之于邊奏可乳母當入辭先見郭舍人爲泣下舍人曰即入見辭去疾步數還顧乳母如其言郭舍人疾言罵之曰咄老女子何不疾

行陛下已壯矣寧尚須汝乳而活邪尚何還顧于是人主憐焉乃下詔止無從乳母此一事耳一以爲殺一以爲從一以爲東方朔一以爲郭舍人西京雜記顔師古固嘗辨其圖褚所書他事抵牾者亦多皆未可盡信

律文罪雖甚重不過絞斬而已淩遲一條五季方有之至今俗稱爲法外云

姚平仲字希晏世爲西陲大將幼孤從父古養爲子年十八與夏人戰臧底河斬獲甚衆賊莫能枝梧宣撫使童貫召與語平仲負氣不

少屈貫不悅抑其賞然關中豪傑皆推之號小太尉睦州盜起徽宗遣貫討賊貫雖惡平仲心服其沈勇復取以行及賊平平仲功冠軍乃見貫曰平仲不願得賞願一見上耳貫愈忌之他將王淵劉光世皆得名見平仲獨不與欽宗在東宮知其名及即位金又入寇都城受圍平仲適在京師得名對福寧殿厚賜金帛許以殊賞于是平仲始出死士斫營擒虜帥以獻及出連破兩寨而虜已夜徙去平仲功不成遂乘青騾亡命一晝夜馳七百

五十里抵鄧州始得食入武關至長安欲隱華山顧以爲淺奔蜀至青城山上清宫人莫識也留一日復入大面山行二百七十餘里度采藥者莫能至乃解縱所乘騾得石穴以居朝廷數下詔物色求之弗得也乾道淳熙之間始出至丈人觀道院自言如此年八十餘紫髯鬖然長數尺面奕奕有光行不擇地崖塹荆棘其速若奔馬亦時爲人作草書頗奇偉然秘不言得道之由云此陸放翁所作平仲小傳也放翁亦嘗以詩寄題青城山上

清宫壁閒云造物困豪傑意將使有爲功名
未足言或作出世資姚公勇冠軍百戰起西
陲天方覆中原殆非一木支脱身五十年世
人識公誰但驚山澤閒有此熊豹姿我亦志
方外白頭未逢師年來幸廢放儻遂與世辭
從公遊五嶽稽首餐靈芝金骨換緑髓歘然
松杪飛後守新定再作詩託上官道人寄之
云太尉關河傑飛騰亦遇時中原方蕩覆大
計易差池素壁龍蛇字空山熊豹姿煙雲千
萬疊求訪固難知

漢張湯韓安國皆以御史大夫行丞相事曹窋以列侯臣賀以太僕行御史大夫事劉歆以太中大夫行太常事樂成以少府行大鴻臚事臣安行以太子少傅行宗正事少府忠行廷尉事王溫舒爲右輔行中尉張良以列侯行太子少傅事黃霸以廷尉監行丞相長史事蓋寬饒以諫大夫行郎中戶將事王尊守京兆都尉行京兆尹事翟義以南陽都尉行太守事蓋漢制官闕則卑者攝爲之之謂行亦有以同列通攝者靳石以太常行太僕韓

延年以太常行大行令劉悳以宗正行京兆尹之類是也九卿三輔皆同列也今著令以寄祿高于職事官者爲行異于古矣

容齋辯陳正敏之妄梁顥非八十二登科是矣

與旹 因記玉壺請話載仁宗問梁適卿是那箇梁家適對曰先臣祖顥先臣父固上曰怪卿面貌酷似梁固按國史適乃顥之子固之弟小說家多不考訂率意妄言觀者又不深考往往從而信之如此類甚多殊可笑也

賓退錄卷第八

賓退錄卷第九

大　梁　趙　與旹

詩誕彌厥月誕大也朱文公則以爲發語之辭世俗誤以誕訓生遂有降誕慶誕之語前輩辨者多矣書曰誕膺天命誕亦大也范曄贊光武乃有光武誕命之語尤不可曉殤帝紀云誕育百餘日亦誤

寇恂自潁川太守徙汝南又入爲執金吾會潁川盜起光武將親征隗囂欲復使出守潁川從駕至郡盜賊悉降遂已百姓遮道曰願從

陛下復借寇君一年是時恂去郡已久百姓以其爲王朝之卿故謂之借今人作太守在任垂滿者書啓多用借寇事似不類也

夷堅戊志載裴老智數謂紹興十年七月臨安大火延燒城内外室屋數萬區裴方寓居有質庫及金珠肆在通衢皆不顧遽命紀綱僕分往江下及徐邨而身出北關遇竹木甎瓦蘆葦椽桷之屬無論多寡大小盡評價買之明日有旨竹木材料免征稅抽解城中人作屋者皆取之裴獲利數倍過于所焚後閱張

芸叟所著浮休閲目集書焦隱事云一乚京師火隱晨出之木場凡木皆以姓字題識後至者率詣隱市材始知夸堅指爲裴老者誤矣雖曰富家智略往往相似然不應如是之同也

娶妻當得陰麗華唐與政仲友謂觀此語知郭后之必廢然予觀劉植傳載劉楊起兵附王郎衆十餘萬光武遣植說楊楊乃降光武因留眞定納郭后后即楊之甥也故以此結之則是郭后之納已非光武之情矣何待陰麗

華之語而後占其廢乎范曄不以此書之后紀故前輩議論未嘗及之

余嘗㝡城隍爵號後閲國朝會要考西北諸郡東京號靈護廟初封廣祐公後進祐聖王大内別有城隍初封昭貺矦後進爵爲公拱州州昭靈惠烈夫人葢俗傳爲宋襄公之婣開德府顯應廟感聖矦解州靈佑廟鎮寶矦濬州黎陽縣顯固廟靈護伯他皆無聞葢東南城隍之盛多起于近世此數者亦嵗廟朝錫命耳

馬援平交阯賊封新息侯擊牛釃酒勞饗軍士
因從容及從弟少游之語吏士皆伏稱萬歲
又馮魴赦郟賊延褒等亦皆稱萬歲是東都
之臣不以稱萬歲爲嫌獨竇憲出屯北威與
車駕會長安尚書以下欲伏稱萬歲韓棱正
色曰禮無人臣稱萬歲之制議者皆慙而止
若棱者可謂不爲俗所移矣然萬歲之稱三
代盛時所無有蓋自藺相如奉璧入秦田單
爲約降燕馮諼焚孟嘗君債劵昉見于簡牘
至漢爲盛棱之所謂禮豈古之所謂禮邪吳

虎臣引虎拜稽首天子萬壽謂萬歲發于此
然此特詠歌之辭耳非可與後世呼萬歲者
同語也

世俗篦字當作枇與枇杷之枇字同而音異後
漢濟北孝王次喪父至孝梁太后下詔增封
有曰頭不枇沐魏志徐季龍取十三種物使
管輅占之輅先說雞子後道蠶蛹遂一一名
之唯以梳爲枇耳陸雲與兄機書案行視曹
公器物其中亦有枇字類篇枇凡四音其一
毗志切櫛屬集韻同义按說文櫛梳比之總

名也漢文帝遺匈奴單于比踈一或作比余
一顏師古注曰辮髮之飾也比音頻寐反則
知枇字亦通作比惟笓字無所經據博雅篝
筌謂之笓蓋捕取魚鰕之具邊迷頻脂二切
與此不同雖集韻枇亦作笓類篇笓又毗至
切櫛屬然二書晚出當從古詩曰其比如櫛
又知三代之前未有枇之名但通謂之櫛而
已有相迫比之義矣

范曅後漢書楊震傳載安帝時河間男子趙騰
上書指陳得失帝怒收考詔獄結以罔上不

道震上疏救之帝不省騰竟伏尸都市張皓
傳又載順帝時清河趙騰上言災變譏刺朝
政收騰繫考皓上疏諫帝悟減死一等安順
兩朝時世相接河閒清河二國壤地相鄰不
應皆有一趙騰上書皆指言時政皆爲人主
所怒又皆有大臣救解雖其末一生一死然
亦不應如是之同疑只一事而𠙚誤以爲二
耳
漢武帝徵枚乘乘道死詔問乘子無能爲文者
後乃得其孽子皐皐字少孺乘在梁時取皐

母爲小妻又孔光傳淳于長坐大逆誅長小妻迺始等六人佞幸傳張彭祖爲小妻所毒薨外戚許后傳后姊孊寡居與淳于長私通因爲之小妻後漢趙惠王乾居父喪私聘小妻削中丘縣注云小妻妾也又竇融女弟爲大司空王邑小妻陳王鈞取掖庭出女李嬈爲小妻樂成靖王黨取故中山簡王傅婢李羽生爲小妻梁節王暢上疏辭謝有曰臣暢小妻三十七人其無子者願還本家陳球與劉郃輩謀誅宦者因小妻之父程璜而事泄

東觀記又載彭城靖王子男丁前物故恭子酺侮丁小妻見恭傳注周益公行歸正人蕭中一次妻耶律氏制謂次妻二字別無經據乞改稱小妻劉子中注云出漢書指此董卓傳又有少妻之稱疑即小妻也裴松之注三國志孫皓傳引江表傳載張俶事亦曰取小妻三十餘人　又駱統傳統母改適爲華歆小妻晉宋挺本劉陶門人陶亡後娶陶愛妾爲小妻隋王世充祖支頹耨死其妻少寡儀同王粲納之以爲小妻則不獨見于漢史云

君子食無求飽居無求安非惡飽而欲飢惡安而欲危也但不可求耳君子之求也惟當求道求在我者而已外此而有所求皆非也所謂求之有道得之有命者亦謂盡其在我而非志于得也他如求爲可知夫子之求之也之類皆此意

鄉爲身死而不受今爲宮室之美爲之鄉爲身死而不受今爲妻妾之奉爲之此二者固志士之所羞也若爲所識窮乏者得我而爲之似亦可矣而均之爲失其本心何邪此猶易

解去　曰孔子罪乞醯之意耳經德不回非以干祿也言語必信非以正行也干祿固非美事若正行則何不可者今爲學而不事正行果何所事邪惟能識此意而後可與言學矣

康節先生左袵吟云自古禦戎無上策唯憑仁義是中原王師問罪固能道天子蒙塵爭忍言二晉亂亡成茂草三君屈辱落陳編公閭延廣何人也始信興邦亦一言蓋豫識靖康之禍也篇末雖託二晉以爲詞然因王師問罪而致寇惟燕山之役爲然二晉所無也深

切著明如此而讀者多不察余聞之友人曾幼輿宏譽而始悟因記康節觀有唐吟有云憑高始見山河壯入夏方知日月長三百年間能混一事雖成往道彌光亦寓微意又觀盛化吟有云生來只慣見豐稔老去未嘗經亂離其子謂亂離之語太過康節歎曰吾老且死矣汝輩行且知之

唐人稱縣令曰明府而漢人謂之明廷見范曄書張儉傳明府以稱太守山陰老叟稱劉寵劉翊稱种拂高獲稱鮑昱皆然

楊文公談苑謂元稹作春深題二十篇竝用家花車斜四字爲韻白居易劉禹錫和之亦同此韻次韻起于此高承著事物紀原取其說余按梁書王規傳普通六年高祖于文德殿餞廣州刺史元景隆詔羣臣賦詩同用五十韻則唐以前固有之矣

余前辨劉信羮頡之封後閱能改齋漫錄引王觀國學林新編謂是頼川地名不羮者彼自不羮此自羮頡地名之同一字者多矣豈可比而一之審如王說則頡字何從而來邪

俚俗謂娶妻爲索妻亦有所本三國志呂布傳云袁術欲結布爲援乃爲子索布女關羽傳云孫權遣使爲子索羽女又隋書太子勇傳載獨孤后曰爲伊索得元家女

張清源淏雲谷襍記辨歐陽集古錄目謂後漢人亦有複名者然僅載蘇不韋孔長彥兄弟劉騊駼丘季智張孝仲范特祖名公子許偉康司馬子威十人而已考之范曅書蓋不止此如延岑護軍鄧仲況見蘇竟傳鄭玄師事京兆第五元先又從東郡張恭祖玄之子名

益恩亘榮族人亘元卿陳忠薦士其一曰成翊世翊世字季明見杜根傳後陳敬王曾孫寵傳注引謝承書袁術使將張闓陽殺陳相駱俊梁冀之弟名不疑越嶲太守李文德素善延篤黨錮傳序有勃海公族進階注云公族姓也名進階李膺欲按宛陵大姓羊元羣孔融傳有太傅馬日磾皇甫嵩子名堅壽酷吏李章傳有安丘大姓夏長思宦者曹節弟名破石王逸子名延壽字文考方術傳謝夷吾字堯卿之類清源皆未及也他尚有之猶

恨不能盡記

李延壽南北史成惟隋書別行餘七史幾廢大抵紀載無法詳略失中故宜行而不遠且史傳紀事出于一人之手而自爲同異者亦有之矣未有卷帙聯屬首尾衡決而不能自覺者也姚思廉梁書列傳第三十卷江革傳謂何敬容掌選序用多非其人革性彊直常有褒貶而第三十一卷何敬容傳乃謂敬容銓序明審號爲稱職夫史者所以傳信萬世今若此其將何所從乎其餘可笑者甚多未暇

盡著

白樂天長恨歌書太眞本末詳矣殊不爲魯諱然太眞本壽王妃顧云楊家有女初長成養在深閨人未識何邪蓋宴昵之私猶可以書而大惡不容不隱陳鴻傳則略言之矣

唐新書承天皇帝倓傳以興信公主季女張爲恭順皇后冥配焉注玉山辨證謂冥配前已有而新書不書嘗考注外孫鄭子敬寅注引唐會要懿德太子重潤中宗即位追贈娉國子監丞裴粹亡女爲冥婚合葬雖然不始于

唐也三國志載邴原女早亡時曹操愛子倉舒亦沒操欲求合葬原曰合葬非禮也原之所以自容于明公公之所以待原者以能守訓典而不易也若聽明公之命則是凡庸也明公焉以爲哉操乃止然竟娉甄氏亡女與合葬又太和六年魏明帝愛女淑薨追封謚淑爲平原懿公主爲之立廟取文昭甄后亡從孫黄與合葬追封黄列侯以夫人郭氏從弟德爲之後承甄氏姓封德爲平原侯襲公主爵則漢魏閒已行之矣

讀諸葛孔明出師表而不墮淚者其人必不忠
讀李令伯陳情表而不墮淚者其人必不孝
讀韓退之祭十二郎文而不墮淚者其人必
不友青城山隱士安子順世通云
謂有疾曰不快陳壽作華陀傳已然
葛常之韻語陽秋云晉書阮咸傳云咸善琵琶
今有圓槽而十三柱者世號阮亦謂阮咸相
傳謂阮咸所作故以爲名而咸傳乃不及此
山谷聽宋宗儒摘阮歌云手揮琵琶送飛鴻
促弦聒醉驚客起圓壁庚庚有口理開門三

月傳國工身今親見阮仲容則亦以爲仲容
所作豈咸用琵琶餘製而作阮耶據此則是
常之不知阮咸所出余按國史纂異云元行
沖賓客爲太常少卿時有人于古墓中得銅
物似琵琶而身正圓莫有識者元視之曰此
阮咸所造樂具乃令匠人改以木爲聲清雅
今呼爲阮咸者是也盧氏襍說云晉書稱阮
咸善彈琵琶後有發咸墓者得琵琶以瓦爲
之時人不識以爲于咸墓中所得因名阮咸
陳晉之暘樂書云阮咸五弦本秦琵琶而頸

長過之列十二柱焉唐武后時蒯明于古冢得銅琵琶晉阮咸所造也元亨中命工以木爲之聲甚清徹頗類竹林七賢圖所造舊器因以阮咸名之亦以其善彈故也聖朝太宗于舊制四弦上加一弦三說蓋大同而小異今世所行皆四弦十三柱者與昔竊聞今禁中女樂別有所謂阮其制視民間者絕不同且甚大須坐而奏之鄉人郭子雲應龍守南安時大庾令之婦乃出宮人能爲此郭蓋親見之唐書樂志云五弦如琵琶而小北國所

出樂工裴神符初以手彈太宗悅甚後人習
爲搊琵琶則是唐已有五弦矣不知暘因唐
之太宗而誤爲本朝邪抑別有考按邪
夷堅支乙載紫姑詠手詩笑折櫻桃力不禁時
攀楊柳弄春隂管弦曲裏傳聲慢星月樓前
斂拜深繡幕偷回雙舞袖綠窗閑整小眉心
秋來幾度挑羅韈爲憶相思放却針唐韓致
光香奩集亦有詠手一詩暖白膚紅玉筍芽
調琴抽線露尖斜背人細撚垂臙鬢向鏡輕
勻襯眼霞悵望昔逢褰繡幔依稀曾見托金

車後園笑向同行道摘得蘼蕪又一枚其體正同蓋皆言手之用爾韓詩獨首句不然

矦嬴爲夷門監者按大梁城十二門東曰夷門則夷門者大梁之一門耳後人遂直指汴京爲夷門非也容齋續筆辨臺城少城類此

古者道路男子由右女人由左車從中央今遂寧府譙門之外有橋曰儀橋不知何時所創上加欄楯道分爲三尚彷彿古人之意謂之儀者猶儀門也

周文忠序文苑英華首云太宗皇帝丁時太平

以文化成天下既得諸國圖籍聚名士于朝
詔修三大書曰太平御覽曰册府元龜曰文
苑英華洪文敏序夸堅三志癸亦云太平興
國中詔侍從館閣集著册府元龜文苑英華
御覽廣記等四書予按册府元龜乃景德二
年編類至大中祥符六年書成皆眞宗朝二
公之言偶失之
俗閒謂籠燭爲照道此二字出儀禮注
冬至賀禮古無有也其殆始于漢乎漢襍事曰
冬至陽生君道長故賀沈約宋書曰魏晉冬

至日受萬國及百寮稱賀因小會其儀亞于
歲朝北齊書庫狄伏連冬至之日親表稱賀
其妻滅馬豆設豆餅伏連大怒蓋歷代行之
至今不廢按月令仲冬之月日短至陰陽爭
諸生蕩君子齋戒處必掩身身欲寧去聲色
禁嗜欲安形性事欲靜以待陰陽之所定易
曰先王以至日閉關商旅不行后不省方五
經通義云冬至寢兵鼓商旅不行君不聽政
事曰冬至陽氣萌陰陽交精始成萬物氣微
在下不可動泄王者承天理故率天下靜而

不擾也白虎通云冬〻至前後君子安身靜體
百官絶事不聽政擇吉日而後省事令僕僕
交相賀則所謂安身靜體靜而不擾以待陰
陽之定者果何在哉又按月令仲夏之月日
長至仲冬之月日短至今世反稱冬至爲長
至尤非是曹子建冬〻至獻襪頌表云伏見舊
儀國家冬〻至獻履貢襪所以迎福踐長崔浩
女儀云近古婦人常以冬〻至上履襪于舅姑
踐長至之義也隋杜臺卿玉燭寶典云冬〻至
日極南景極長陰陽日月萬物之始律當黃

鍾其管最長故有履長之賀蓋周禮冬至日
在牽牛景長一丈三尺日短而景長也黃鍾
之律九寸于十二律爲最長月令所謂短至
謂日之短曹崔杜謂踐長履長者景之長琯
之長也雖所指不同然當以月令爲正

諫議大夫稱大諫始于近世然于古有之齊威
公使鮑叔牙爲大諫見管子第二十篇

韓子蒼云韋蘇州少時以三衛郎事元宗豪縱
不羈元宗崩始折節務讀書然余觀其人爲
性高潔鮮食寡欲所居掃地焚香而坐與豪

縱者不類其詩清深妙麗雖唐詩人之盛亦少其比又豈是晚節學爲者豈蘇州自序之過歟然天寶間不聞蘇州詩則其詩晚乃工爲無足怪葉石林南宫詩話云蘇州詩律深妙白樂天輩固皆尊稱之而行事略不見唐史爲可恨以其詩語觀之其人物亦當高勝不凡劉禹錫集中有太和六年舉自代一狀然應物温泉行云北風慘慘投温泉忽憶先皇巡幸年身騎廏馬引天仗直至華清列御前則嘗逮事天寶間也不應猶及大和時葢

别是一人或集之誤苕溪漁隱云蘇州集有燕李錄事詩云與君十五侍皇闈曉拂爐煙上玉墀又溫泉行云出身天寶今幾年頑鈍如鎚命如紙余以編年通載考之天寶元年至太和六年計九十一年應物于天寶間已年十五及有出身之語不應能至太和間也蔡寬夫云南宮詩話世誤傳蔡寬夫作漁隱故云劉禹錫所舉别是一人可以無疑矣容齋隨筆云韋蘇州集中有逢楊開府詩云少事武皇帝無賴恃恩私身作里中橫家藏亡命兒朝持摴蒱局

暮竊東鄰姬司隸不敢捕立在白玉墀驪山
風雪夜長楊羽獵時一字都不識飲酒肆頑
癡武皇升仙去憔悴被人欺讀書事已晚把
筆學題詩兩府始收跡南宮謬見推非才果
不容出守撫惸嫠忽逢楊開府論舊涕俱垂
味此詩蓋應物自敘其少年事也其不羈乃
如此李肇國史補云應物爲性高潔鮮食寡
欲所居焚香掃地而坐其爲詩馳驟建安已
還各得風韻蓋記其折節後來也應物爲三
衞正天寶間所爲如是而吏不敢捕又以見

時政矣與旹謂應物行事散軼唐史失不立傳故諸家之說未能會于一近世沈明遠作喆始檃括應物集及他書爲傳甚詳然論斷中亦以劉賓客所舉爲疑今筆于此韋應物京兆長安縣人也見崔都水及休日還長安冑貴里及歲日寄弟幷荅崔螺詩其家世自宇文周時孝寬以功名爲將相而其兄夐高尚不仕號爲逍遙公夐之孫待價仕隋爲左僕射封扶陽公待價生令儀爲唐司門郎中令儀生鑾鑾生應物見林寶姓纂少遊太學見贈舊識詩當開元天寶間宿衞仗內

親近帷幄行幸畢從〔見宴李錄事幷鄭戶曹及逢楊開府溫泉行等詩按通典左右宿衛侍從皆以高蔭子弟年少美風姿者補之爲貴胄起家之高選〕頗任俠負氣洎漁陽兵亂後流落失職乃更折節讀書屏居武功之上方〔見逢楊開府及復經武功舊隱詩〕返灃上園廬蕪沒貧無以自業〔見歸盧上詩〕客遊江淮間所與交結皆一時名士〔見會梁川故人及李栖梧會大梁亭等詩〕因從事河陽去爲京兆功曹攝高陵令〔見寄弟及別子西詩〕永泰中遷洛陽丞兩軍騎士倚中貴人勢驕橫爲民害應物疾之痛繩以法被訟弗爲屈〔見示從子班詩〕棄官養疾同德精舍〔見同〕

德精舍詩）起爲鄠令大曆十四年除櫟陽令復以疾謝去歸寓西郊（見歸西郊詩）擇勝隱于善福祠從諸生學問澹如也（見西齋示諸生詩）建中二年拜尚書比部外郎明年出爲滁州刺史（見別善福祠詩）滁山川清遠山中多隱君子應物風流豈弟與其人覽觀賦詩郡以無事人安樂之（見全椒道士及釋良史等詩）四年十月德宗幸奉天應物自郡遣使間道奔問行在所明年興元甲子使還詔嘉其忠（見寄弟詩）終更貧不能歸留居郡之南巖（見歲日寄端武詩）俄擢江州刺史（見登郡樓詩）居二歲

名至京師貞元二年由左司郎中補外得蘇州刺史（見答李士緐詩）在郡延禮其秀民撫其婷嫠甚恩（見郡齋文士宴集詩）久之白居易自中書舍人出守吳門應物罷郡（見劉禹錫集中酬白舍人詩云蘇州刺史例能詩西掖今來替左司）寓于郡之永定佛寺（見寓永定詩）太和以太僕少卿兼御史中丞爲諸道鹽鐵轉運江淮留後年九十餘矣不知其所終（見劉禹錫大和六年爲蘇州刺史舉官自代狀云諸道鹽鐵轉運江淮留後朝議郎太僕少卿兼御史中丞上柱國韋應物歷掌劇務皆有美名執心不回臨事能斷所職雖重本官尚輕內省無能輒敢公舉司榷筦之利誠藉時才流豈弟之風寔爲邦本謹按太和年去應物刺郡時已更

六朝四十餘年矣而夢得猶舉之豈其遺愛尚存耶又據應物送鄭少府詩云天寶爲侍臣歷觀兩都士宴李錄事詩云十五侍皇闈然則天寶中應物在三衞年始十五至太和中計年九十餘然自蘇州罷郡寓永定以後集中不復有詩豈四十年閒無一篇詩者蓋亡之也予嘗歎息于斯焉

有子曰慶復爲監察御史河東節度掌書記見姓纂應物性高潔見李肇國史補善爲詩氣質閑妙渾然天成初若不用工而近世詩人莫及也白居易嘗語元稹曰韋蘇州歌行才麗之外深得諷諫之意而五言尤爲高遠雅淡自成一家其爲時人推重如此浮屠皎然者頗工近詩嘗擬應物體格得數解爲

贄應物弗善也明日錄舊贄以見始被領略
曰人各有能有不能蓋自天分學力有限子
而爲我且失其故步矣但以所詣自名可也
皎然心服焉見因話錄長慶集等應物鮮食寡欲所居
焚香掃地而坐見李肇國史補爲吳門時年已老矣
而詩益造微世亦莫能知之也亦詩白子沈子
曰予讀韋蘇州詩超然簡遠有正始之風所
謂朱絲疏弦一唱三歎者應物當開元天寶
宿衛仗內爲郎刺史于建中以迄貞元而文
宗太和中劉禹錫乃以故官舉之計其年九

十餘而猶領轉輸劇職應物何壽而康也然自吳郡以後不復有詩又見于錄者豈亡之邪使應物而無死其所爲當不止此以應物爲終于吳郡之後則禹錫之所舉者猶無恙也蓋不可得而考也新唐書文藝傳稱應物有文在人間史逸其傳故不錄予既愛其詩因考次其平生行義官代皆有憑藉始終可槩見如此恨史官編摩疎陋耳嗟夫應物崎嶇身閱盛衰之變晚乃折節學問今其詩往往及治道而造理精深士固有悔而能復厄

而後奇者如應物有以自表見于後世豈偶然哉漁隱叢話後集又載韓子蒼云韋蘇州少時以三衛郎事元宗豪縱不羈余因記唐宋遺史云韋應物赴杜鴻漸宴醉宿驛亭見二佳人在側驚問之對曰郎中席上與司空詩因令二樂伎侍寢問記得詩否一妓强記乃誦曰高髻雲鬟宮樣妝春風一曲杜韋娘司空見慣渾閑事斷盡蘇州刺史腸觀此則應物豪縱不羈之性暮年猶在也子蒼又云余觀韋蘇州爲性高潔鮮食寡欲所居掃地

焚香而坐此是韋集後王欽臣所作序載國史補之語但恐溢美耳與昔謂盡信書不如無書國史補之說固未可信又安知唐宋遺史爲得其實乎此未可以臆斷也

賓退錄卷第九

賓退錄卷第十

大梁 趙 與旹

臧哀伯云武王克商遷九鼎于洛邑義士猶或非之義士即多士所謂遷殷頑民者也由周而言則爲頑民由商而論則爲義士矣此說近世陳同甫亮始發之杜預謂爲伯夷之屬非也

禮曰銘者自名也自名以稱揚其先祖之美而明著之後世者也爲先祖者莫不有美焉莫不有惡焉銘之義稱美而不稱惡此孝子孝

孫之心也唯賢者能之又曰其先祖無美而
稱之是誣也有善而弗知不明也知而弗傳
不仁也此三者君子之所恥也碑誌行狀之
法具于是矣若無美而必欲諛墓有惡而飾
以爲美卑官下士猶足以誑不知之人仕稍
通顯則其善惡已著于人之耳目何可誣也
莫儔靖康末所爲雖三尺童子亦恨不誅之
而孫仲益尚書誌其墓顧謂靖康之變臺諫
爭請和戎皆斥廢不用而二三狂生抗首大
言乘險徼幸試之一擲卒至誤國高宗狩維

揚移蹕臨安國步阽危至此極矣而進取之士終以和戎爲諱此翰林莫公所以投閒置散至于老死不用斯言也不幾于欺天乎及作韓忠武誌則又以岳武穆爲跋扈而與范瓊同稱善惡復混淆矣岳之禍承權臣風旨而誣以不臣者万俟忠靖羅彥濟汝楫也洪文惠誌羅墓不書此事正得稱美不稱惡之義而仲益誌万俟則顯書之何哉張子韶侍郎學問氣節表表一世參禪學佛與其平生自不相掩張亦未嘗以此爲諱其從子棨作

家傳欲爲文飾乃謂張有學說云釋老虛無
耳不可有聞目不可有見則是靜言庸違張
必不然余獨喜李文簡誌趙待制開墓既歷
敍其在蜀理財治賦之功且謂爲當時第一
繼云或者咎公竭澤而漁使來者無所施其
智巧今雖累經蠲放而害終不去當時稍存
平恕則今日之害决不至此嗚呼此所謂責
人終無已者也然公亦不得不任其咎昔蘇
綽在西魏佐周武帝以國用不足爲征稅之
法頗重既而歎曰今所爲者正如張弓非平

世法也後之君子誰能弛乎綽子威聞其言每以爲己任及相隋文帝奏減賦役務從輕簡帝悉從之彼蘇威顧能如此曾謂今日無若蘇威者乎此熹深所歎息詳紀之以俟來世又南軒作宇文閬州 邦獻 誌謂初君以二父世科爲念刻苦習進士業爲進士者多推稱之兩以鎖廳試類省輒下益力後雖已領州符猶不置蓋終其身以是爲歉栻嘗以謂自先王教胄子之法壞大家世族不得盡成其材其下者苟從祿利不樂親文墨事至其

閒讀書欲自表見者則不屑其世祿顧反以從進士覓舉得之爲榮噫昔之人所望于曾子者豈爲是哉若君居家孝友涖官廉平溫厚博雅于以進德孰能禦之顧區區猶以是爲歉何哉二公之作蓋又因以立言垂世不特銘墓而已若李茂嘉謨墓誌謂明赦至建康呂忠穆怡然自若時李爲江東副漕以言責之呂躊躇未行而張忠獻檄書至盡與諸家記事之書不合則熊子復克小曆李氏心傳繫年要錄已有疑于仲益之言矣蔡伯喈

曰吾爲人作銘未嘗不有慚容唯爲郭有道

碑頌無愧耳後之秉筆者亦能自訟如此否

乎

紹聖四年殿試考官得胡安國之策定爲第一

將唱名宰執惡其不詆元祐而何昌言策云

元祐臣寮不知君臣之義父子之恩擢爲首

選方天若策云當是時鶴髮宵人碁布要路

今家財猶未籍没子孫猶未禁錮遂次之又

欲以章惇子爲第三援宗命再讀安國策親

擢爲第三昌言新塗人仕至工部侍郎張邦

昌之僭昌言爲事務官既又改名善言以避
邦昌名南都中興昌言已死遂追貶觀其進
身可以占終矣
唐小說辨疑志載明皇時姜撫先生不知何許
人也常著道士衣冠自云年已數百歲持符
籙兼有長年之藥度世之術有荊巖者頗通
南北史問撫何朝人也撫曰梁朝人也巖曰
梁朝絶近先生亦非長年之人不審先生梁
朝出仕爲復隱居撫曰吾爲西涼州節度巖
曰何得誑妄上欺天子下惑世人梁朝在江

南何處得西涼州只有四平四安四鎮四征
將軍何處得節度使撫慙恨數日而卒蔡絛
鐵圍山叢談政和間有處士王卓者亦遭遇
時主自言五百歲矣人視之若不過七八十
歲容狀光澤頗挾容成術無它異也魯公稍
異之一日魯公命吾延卓坐吾詢其迹則曰
生隋末唐李勣征高麗嘗作裨將因擅縱降
卒數十被黥配之五嶺南由是遇異人授以
不死方曾不一瞬閒忽至今矣吾問還識狄
梁公否卓曰識也慼它狄相公封卓爲白雲

先生又問當開元天寶間明皇帝好道而方士輩出先生出乎曰卓時反不出問何故則曰卓時與羅家爭氣意自不喜出耳羅蓋公遠也遂歷問唐諸帝武后及名臣之情狀則或合或不合又言當肅宗時卓始一出亦嘗封號吾問果爾則必識李輔國輔國狀若何卓曰正得輔國見愛而封輔國面大且方美須髯也吾笑曰先生敗矣二事正堪作對信乎作僞之難也撫唐史有傳亦言其妄然不及此云

葛文康評古謂漢文帝改後元年景帝又改中元後元年武帝屢更年號亦有後元不知當時何所據而分中與後謂之後則疑若有極乃不諱避何邪將當時有先知之讖邪余謂不然漢之諸帝不過改元年爾後人因其有二元則別以爲後因其有三元則復冠以中非當時本稱也武帝雖屢更年號偶最後不曾命名獨稱元年後人因其崩也亦以後稱焉耳惟東都建武中元恐是當時所命也

西漢諸帝多自立陵廟名後世不復然至于及

其生而自命以某祖某宗而使萬世不祧者古今所無也惟于魏明帝見之孫盛譏之是矣彼謂顧成之廟稱爲太宗者臣下假設之辭耳非此之比也

徐陵鴛鴦賦云山雞映水那相得孤鸞照鏡不成雙天下眞成長會合無勝比翼兩鴛鴦黄魯直題畫睡鴨曰山雞照影空自愛孤鸞舞鏡不作雙天下眞成長會合兩鳧相倚睡秋江全用徐語點化容齋隨筆謂魯直末句尤精工余幼時不能解每言鴛鴦可言長會合

兩凫則聚散不常何可言長會合後乃悟魯直所謂長會合特指畫者耳

新唐書進表謂其事則增于前其文則省于舊夫為文紀事主于辭達繁簡非所計也新唐書之病正坐此兩語前輩議之者多矣晉張輔云司馬遷敘三千年事惟五十萬言班固敘二百年事乃八十萬言以此為遷固優劣殊不思司馬子長追述上世故不可得而詳班孟堅紀錄近事有不容于略春秋傳所謂所見異辭所聞異辭所傳聞異辭正謂是也

洪文敏論史記衛青傳書校尉李朔校尉趙不虞校尉公孫戎奴各三從大將軍獲王以千三百戶封朔爲涉軹侯以千三百戶封不虞爲隨成侯以千三百戶封戎奴爲從平侯前漢書但云校尉李朔趙不虞公孫戎奴各三從大將軍封朔爲涉軹侯不虞爲隨成侯戎奴爲從平侯比于史記五十八字中省二十三字然不若史記爲朴贍可喜又論檀弓紀石祁子事云石駘仲卒有庶子六人卜所以爲後者曰沐浴佩玉則兆五人者皆沐浴

佩玉石祁子曰孰有執親之喪而沐浴佩玉者乎不沐浴佩玉謂今之爲文者不然必曰沐浴佩玉則兆五人者如之祁子獨不可曰孰有執親之喪若此者乎似亦足以盡其事然古意衰矣此論得之崇仁吳德遠沆環溪詩話載其少時謁張右丞右丞告之曰杜詩妙處人罕能知凡人作詩一句只說得一件物事多說得兩件杜詩一句能說得三件四件五件常人作詩但說得眼前遠過不數十里杜詩一句能說數百里能說兩州軍能說

半天下能說滿天下此其所以爲妙且如重露成涓滴稀星乍有無也是好句然露與星各只是一件事如孤城返照紅將斂近市浮煙翠且重亦是好句然有孤城也有返照也即是兩件事又如鼉吼風奔浪魚跳日映山有鼉也風也浪也即是一句說三件事如絕壁過雲開錦繡疎松夾水奏笙簧即是一句說四件事至如旌旗日暖龍蛇動宮殿風微燕雀高即是一句說五件事唯其實是以健若一字虛即一字弱矣公但按此法以求前

人即漸難爲詩吴又問如何是說眼前事以
至滿天下事右丞云如獨鶴不知何事舞飢
烏似欲向人啼只是說眼前所見如藍水遠
從千澗落玉山高竝兩峯寒即是說數十里
内事如三峽樓臺淹日月五溪衣服共雲山
即是一句說數百里内事至如浮雲連海岱
平野入青徐即是說兩州軍如吳楚東南坼
即是一句說半天下至乾坤日夜浮即是一
句說滿天下吳因取前輩之詩參而考之謂
東坡惟有美堂一篇最工然天外黑風吹海

立浙東飛雨過江來止是一句能言三件事
如令嚴鐘鼓三更月野宿貔貅萬竈烟是一
句能言四件事如通印子魚猶帶骨披縣黃
雀尚多脂鶴閑雲作氅駞卧草埋峯每句亦
不過三物如酒醒風動竹夢斷月窺樓深谷
留風終夜響亂山銜月半床明風花誤入長
春苑雲月長臨不夜城雲煙湖寺家家境燈
火沙河夜夜春則似三物而不足至如峯多
巧障日江漢欲浮天翠浪舞翻紅䆉稏白雲
穿破碧玲瓏葉厚有稜犀甲健花深少態鶴

頭丹等句不過用二物矣山谷則有數聯合
格如輕塵不動琴横膝萬籟無聲月入簾飯
香獵戶分熊白酒熟漁家擘蟹黄苦楝狂風
寒徹骨黄梅細雨潤如酥皆是一句能言三
件事如河天月暈魚分子槲葉風微鹿養茸
桃李春風一杯酒江湖夜雨十年燈即是一
句能言四件事至荆公則合格者稍多如帶
動川收潦靴鳴海上潮已無船舫猶聞笛遠
有樓臺只見燈山月入松金破碎江風吹水
雪崩騰陽浮樹外蒼江水塵漲原頭野火煙

即毋句皆能道三件事以至廟堂生莽艸巖
穴死伊周和風滿樹笙簧雜霽色兼山粉黛
重坐見山川呑日月杳無車馬送塵埃霽分
星斗風雷靜涼入軒窗枕簟閒即是一句能
言四件事然竟無一句能用五物者至用半
天下滿天下之說求之尤未見其有也然後
知詩道之難如此而古今之美備在杜詩無
復疑矣此論尤異以此論詩淺矣杜子美之
所以高于衆作者豈謂是哉若以句中事物
之多爲工則必皆如陳無已桂椒柟櫨楓柞

樟之句而後可以獨步雖杜子美亦不容專美若以乾坤日夜浮爲滿天下句則凡句中言天地華夸宇宙四海者皆足以當之矣何謂無也張輔喜司馬子長五十萬言紀三千年事張右丞喜杜子美一句談五物識趣正同故併錄之

邵伯溫聞見錄載康節先生治平閒與客散步天津橋上聞杜鵑聲慘然不樂曰洛陽舊無杜鵑今始至不二年上用南士爲相多引南人專務變更天下自此多事矣客曰聞杜鵑

何以知此曰天下將治地氣自北而南將亂自南而北今南方地氣至矣禽鳥飛類得氣之先者也 與昔 按康節首尾吟其一云堯夫非是愛吟詩詩是堯夫訪友時青眼主人偶不在白頭老叟還空歸幾家大第橫斜照一片殘春啼子規獨往獨來還獨坐堯夫非是愛吟詩疑亦此意也

古今詠史詩求其議論精當康節先生題淮陰侯廟十篇可以爲冠讀者當自知之一身作亂宜從戮三族全夷似少恩漢道是時初襍

霸蕭何王佐殆非尊據立大功非不智復貪
王爵似專愚造成四百年炎漢纔得安寧反
受誅生身旣得逢眞主立事何須作假王誰
謂禍胎從此始不宜廻首怨高皇一時韓信
爲良犬千古蕭何作霸臣彼此竝干名教罪
罪猶不逮謂斯人韓信事劉原不叛蕭何惑
漢竟生疑當初若聽蒯通語高祖功名未可
知雖則有才兼有智存亡進退處非眞五湖
依舊煙波在范蠡無人繼後塵若非韓信難
除項不得蕭何莫制韓天下須知無一手苟

非高祖用蕭難漢家基定議功勳異姓封王
有五人不似淮陰最雄傑敢教根固又生秦
韓信恃功前慮寡漢皇負德尚權安幽囚必
欲擒來斬固要加諸甚不難若履暴榮須暴
辱既經多喜必多憂功成能讓封王印世世
長爲列土侯
首卷書王平甫所云花蕊宫詞三十二首今攷
王恭簡牘成都集記才二十八首盡筆于此
廡眞贋了然五雲樓閣鳳城間花木長新日
月閒三十六宫連内苑太平天子坐崑山會

真廣殿約宮牆樓閣相扶倚太陽淨甃玉堦
橫水岸御爐香氣撲龍床龍池九曲遠相通
楊柳絲牽兩岸風長似江南好春景畫船來
去碧波中東内斜將紫禁通龍池鳳苑夾城
中曉鐘聲斷嚴妝罷院院紗窗海日紅殿名
新立號重光島上亭臺盡改張但是一人行
幸處黃金閣子鎖牙床安排諸院接行廊水
檻周回十里强青錦地衣紅繡毯盡鋪龍腦
鬱金香夾城門與内門通朝罷巡遊到苑中
每日日高祗候處滿隄紅艷立春風廚船進

食簇時新侍坐無非列近臣日午殿頭宣索
膾隔花催喚打魚人立春日進內園花紅蕊
輕輕嫩淺霞跪到玉堦猶帶露一時宣賜與
宮娃三面宮城盡夾牆苑中池水白茫茫亦
從獅子門前入旋見亭臺遶岸傍離宮別院
繞宮城金板輕敲合鳳笙夜夜月明花樹底
傍池長有按歌聲御製新翻曲子成六宮纔
唱未知名盡將觱篥來抄譜先按君王玉笛
聲旋移紅樹斸青苔宣使龍池再鑿開展得
綠波寬似海水心樓殿勝蓬萊太虛高閣凌

波殿背倚城牆面枕池諸院各分娘子位羊
車到處不教知脩儀承寵住龍池掃地焚香
日午時等候大家來院裏看教鸚鵡念新詩
才人出入每相隨筆硯將行遶曲池能向彩
牋書大字忽防御製寫新詩六宮官職總新
除宮女安排入畫圖二十四司分六局御前
頻見錯相呼春風一面曉妝成偷折花枝傍
水行却被内監遥覷見故將紅豆打黄鶯梨
園弟子簇池頭小樂攜來候燕遊旋炙銀笙
先按拍海棠花下合梁州殿前排宴賞花開

宮女侵晨探幾回斜望花開遥舉袖傳聲宣
喚近臣來小毬場近曲池頭宣喚勲臣試打
毬先向畫廊排御幄管弦聲動立浮油供奉
頭籌不敢爭上棚專喚近臣名内人酌酒纔
宣賜馬上齊呼萬歲聲殿前宮女總纖腰初
學乘騎怯又嬌上得馬來纔似走幾回抛鞚
把鞍橋自教宮娥學打毬玉鞍初跨柳腰柔
上棚知是官家認遍遍長贏第一籌翔鸞閣
外夕陽天木影花光水接連望見内家來往
處水門斜過畫樓船内人追逐采蓮時驚起

沙鷗兩岸飛蘭棹把來齊拍水並船相鬬濕羅衣新秋女伴各相逢罨畫船飛別浦中旋折荷花半歌舞夕陽斜照滿衣紅月頭支給買花錢滿殿宫娥近數千遇著唱名都不應含羞走過御床前

任土作貢三代而下未之或廢時有損益而已高宗建炎三年始詔除金銀匹帛錢穀餘悉罷貢盛德事也禹貢以來歷代史志及地理之書但載土貢之目而不書其數惟元豐九域志爲詳嘗最一歲所貢凡爲金二十四兩

登一十兩利五兩萬象融各三兩麩金五十五兩金饒各一十兩嘉六兩箬雅簡資各五兩衡昌龍各三兩銀四百五兩桂陽桂各五十兩鄂邑各三十兩邵賀封端新康南恩梅容昭梧藤龔潯貴柳宜橫白廣瓊昌化各一十兩賓化高鬱林萬安各五兩銅鐵一十斤利錦三匹成都白縠一十匹襄陽織一十八匹泰一十匹洋八匹絁七十五匹汝一十五匹頴隸保定安肅陝威勝各一十匹花絁一十匹祁絲絁二十匹濰綾一百四十五匹杭三十一匹蔡定各一十匹淄隨潤明秀江陵澧各一十匹綿五匹花綾一十匹兖白花綾一十匹梓綜絲綾一十匹蓬雙絲綾一十匹徐方紋綾三十匹開封仙紋綾五十匹青三十匹

綀二十匹㯮蒲綾二十匹遂蓮綾一十匹閬越綾
二十匹越羅七十匹真定三十匹定二十匹潤彭各一十匹花
羅六匹成都春羅四匹蜀單絲羅一十匹蜀紗
四十匹相廬常太平各一十匹方紋紗三十匹開封茜緋
花紗一十匹越輕容紗五匹越紬一百四十
五匹洛二十匹陳汝各一十五匹大名徐潁博雄永寧廣信陝懷安各一十匹達五
匹花紬一十匹大名綿紬五十匹簡二十匹大名一十匹渠
巴蓬忠各五匹絹六百七十匹隨滑瀛各三十匹應天冀德濱衞深亳各
一十匹陳一十五匹密齊淮陽徐曹鄆濮唐潁昌鄭滄棣霸永靜乾寧信安相邢趙保順
安渭平定岢嵐寧化保德宿海泗滁廬濠無爲臨江建昌涪昌雲安南平韶循南雄各一

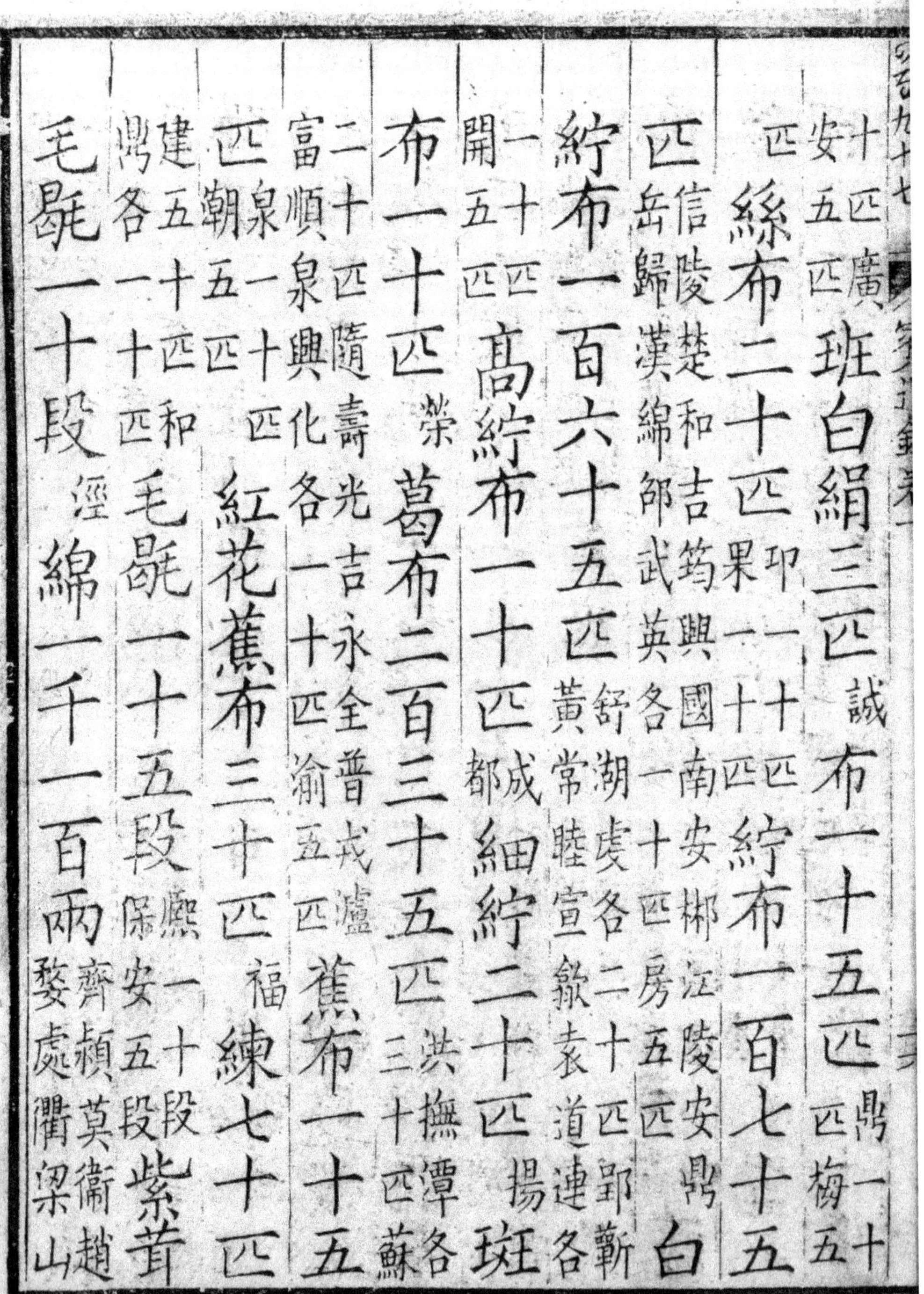

十匹廣安五匹班白絹三匹誠布一十五匹鄂一十匹梅五
匹絲布二十匹邛一十匹果一十匹紵布一百七十五
匹信陵楚和吉筠興國南安郴江陵安鄂岳歸漢綿郎武英各一十匹房五匹白
紵布一百六十五匹舒湖虔各二十匹郢蘄黃常睦宣歙袁道連各
一十匹開五匹高紵布一十匹成都細紵二十匹揚斑
布一十匹榮葛布二百三十五匹洪撫潭各三十匹蘇
二十匹隨壽光吉永全普戎瀘富順泉興化各一十匹渝五匹蕉布一十五
匹泉一十匹潮五匹紅花蕉布三十匹福練七十匹
建五十匹和鄂各一十匹毛毼一十五段麟一十段保安五段紫茸
毛毼一十段涇綿一千一百兩齊潁莫衞趙婺處儋梁山

泉興化各一百兩氈三十領慶二十領豐一十領白氈三十領

鎮戎二十領恩一十領紫茸氈四領慶鞾氈一十領京兆

鞾皮二十張同獐鹿皮三百一十張海三百張通一

十張鮫魚皮二十六張台漳洛一十張溫五張潮一張龜殼二

十枚廣水馬二十枚廣鼊皮一十張廣翡翠

毛二十枚欽席一百七十領常三十領澶秦隴蘇各二十領

京兆鄜寧坊鳳翔汾各一十領蘧蒢二十領開封一十領穎昌一十領莞

席一百領揚簟四十一領永靜蘄睦饒各一十領澧一領藤

簟二十領廣漆器五十事湖三十事襄二十事瓷器三

百一十事河南二百事耀越各五十事邢一十事石器二十事

登一十事萊一十事水晶器一十事信藤器二十事象一
一十事賓一十事藤盤一面循藤箱一枚惠柳箱一十
枚滄銅鑑一十面太原青銅鑑二十面揚火筯
五十對邠剪刀五十枚邠筆一千管江寧五百管宣
五百管墨三百枚兗潞絳各一百枚硯四十枚虢二十枚寧端
各一十枚紙四千張越歙池各一千張眞溫各五百張雜色牋五
百張成都蠟燭九百五十條鳳翔三百條汀二百條成鳳晉絳各
一百條階五十條花蠟燭一百條鄧燕脂一十斤興元
槵子數珠一十串象斑竹一十枝雷解玉砂
一百五十斤邢一百斤沂五十斤金漆三十斤台弓弦

麻二十斤坊鰾膠一十斤通甲香二十七斤代

漳惠各一十斤台廣各三斤潮一斤青一十斤代碌一十斤代

朱砂四斤一兩沅容各二十兩辰一十五兩黔一十兩雲母二

十斤兗一十斤泟一十斤鍾乳四斤八兩沂三十兩部連各一斤房

十兩芒消一十斤峽空青一十兩梓曾青二十

兩梓禹餘糧一十斤澤白石英一十二斤澤一

十斤梧二斤紫石英二十斤沂一十斤兗一十斤白石脂一

十斤蘇水銀三斤二兩辰三十兩沅二十兩石膏二十

斤汾磁石一十斤磁陽起石一十斤齊長理

石五斤淄礜石一十斤太原石鷰二百枚永白

菊花三十斤鄧人參三十斤一十兩太原潞澤各一十斤遼一十兩天門冬二十斤果一十斤晉一十斤甘草二百六十斤環一百斤德順五十斤原蘭府各三十斤岷太原各一十斤白朮一十兩舒牛膝五十斤懷柴胡三十斤麟豐火山各一十斤車前子一斗開乾山藥一十五斤明細辛一十斤華石斛一十二斤壽一十斤廣二斤生石斛四十斤廬二十斤光江各一十斤巴戟一十斤劍菴蕳一十斤寧芎藭三十斤秦黃連五十斤宣三十斤處施各一十斤蓯蓉六十斤渭五十斤保安一十斤防風七十斤絳三十斤單一十五斤齊兖各一十斤淄五斤五味子五十斤河中

蛇床子二十五斤單一十五斤蘇一十斤杜若一十斤
峽葛粉一十斤信栝蔞根一十斤陝當歸一
十斤威麻黃三十五斤開封一十五斤鄭一十斤知母一
十斤相仙靈脾一十斤沂紫草五十斤大名海
藻一十斤萊高良薑一十五斤欽一十斤朱崖五斤牡
丹皮一十五斤渝一十斤合五斤零陵香二十斤道一
十斤全一十斤縮砂二斤白白藥子五斤合天雄一
斤龍大黃一百斤鄜葶藶子三升曹連翹一
十斤黃續隨子三斤陵井荊芥一十斤寧羌活
一十斤威木藥子二百顆施一百顆萬一百顆桂心四

十斤桂二十斤容二十斤茯苓三十斤沂兗華各一十斤伏神

五斤華酸棗仁三斗京兆二斗開封一斗黃蘗五斤金

五加皮一十斤峽杜仲五斤金沉香一十斤

廣詹糖香二斤廣檳榔一千顆夔枳殼一十

五斤商一十斤金五斤枳實一十五斤商一十斤金五斤巴

豆一斤眉紅椒三十斤黎買子木二斤渠白

膠香五斤金苦藥子三斤陵井紅花五十斤興五

柏子仁一十斤陜地骨皮二十斤京兆一十斤號一十

斤胡粉二十斤澶一十斤相一十斤龍骨一十斤河中鄜

四斤一十一兩金十兩均延丹河適遠憲嵐文各五兩襄慶號商熈代茂

各三兩房沂各二兩牛黃九兩密登萊各三兩阿膠七斤一十
四兩鄆六斤濟三十兩鹿茸一對成羚羊角一十五
對階一十對龍五對犀角二株衡一株郎一株蜜三百四十
斤河南路各一百斤鳳興各三十斤晉隰石夔各二十斤白蜜三十斤
信蠟四百四十斤河南延各二百斤京兆五十斤慶鳳興各三十斤隰
石盧夔各二十斤黔大寧各一十斤牡蠣一十斤萊烏賊魚骨
五斤明覆盆二斤隨蓽豆一石郊粱米一石
孟茶一百一十斤南劍茶末一百斤潭茶芽二
十斤南康一十斤廣德一十斤碧澗茶芽六百斤江陵龍鳳
等茶八百二十斤建鹽花五十斤解棗一萬

一千顆青榛實一石鳳翔漫繫之簡牘以廣聞見

賓退錄卷第十

與眘讀書不廣何敢有所紀述嘉定屠維單
閼之夏得疾瀕死既小瘉無以自娛而心力
弗彊未敢覃思于窮理之學因以平日聞見
稍筆之策初才十餘則病起賓客狎至語有
所及或因而書之日積月纍成此編褱閼逢
涒灘之秋東僊赴戍因命小史書而藏之笈
年日以老大學未明顧爲此戲劇之事良以
自悔特未能勇决焚棄之耳錄中及近世諸
公或書謚或書字或書自號不得已者傍注
其名惟事涉君上則直名之葢君前臣名之

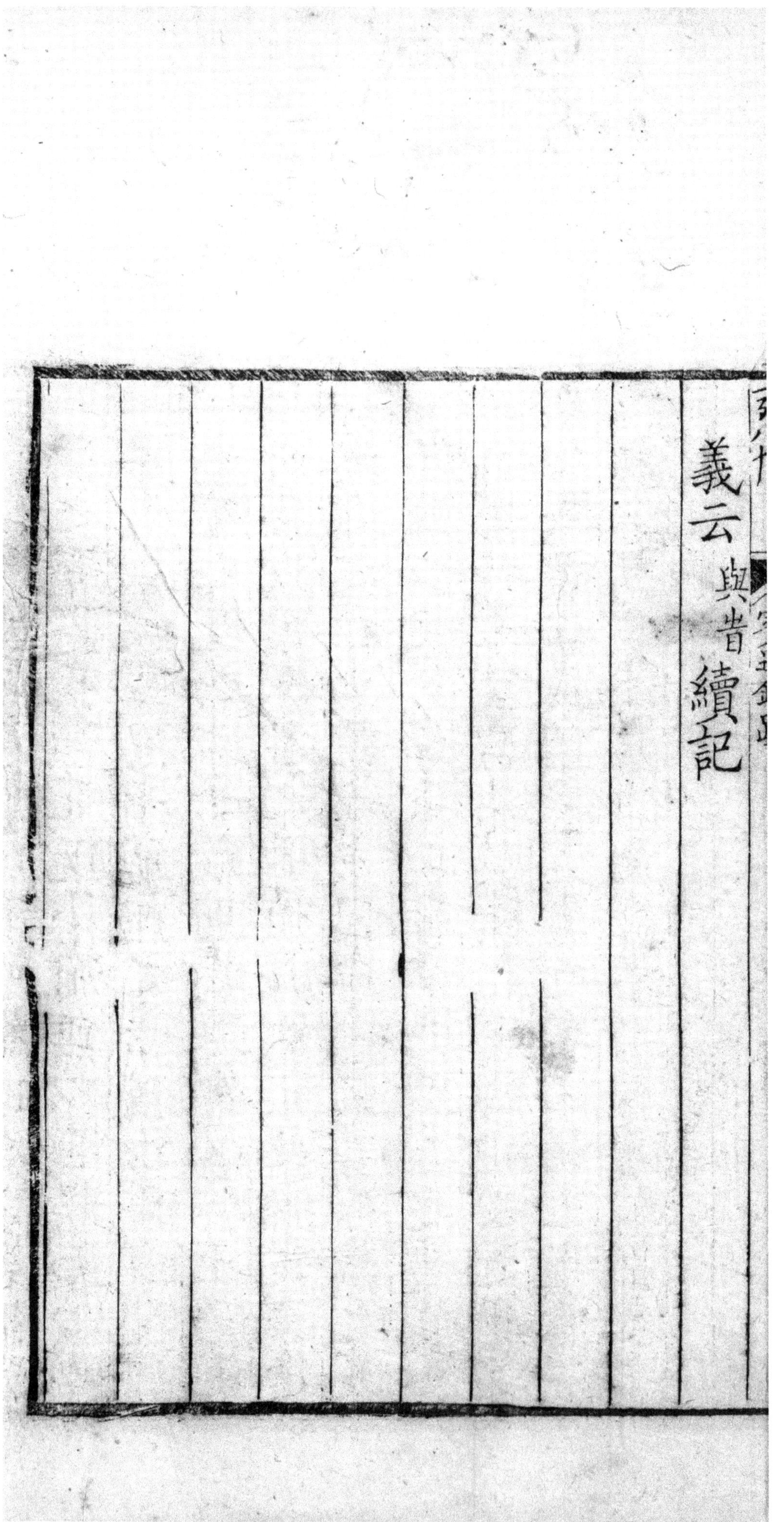

義云與昔續記